Spannende

Nürnberger Sagen

Spannende

Nürnberger Sagen

in heutiger Sprache
erzählt von
Manfred Mümmler

Zeichnungen
Ursula Schmidt-Hoschek

Verlag Maria Mümmler

Bismarckstraße 7, 91448 Emskirchen
Druckvorbereitung: Medien-Service Winter, Ipsheim
Druck: Münch, Neustadt a.d. Aisch
Gesetzt aus der Lucida 10/13 Punkt
ISBN 3–926477-23-7

Der Tiefe Brunnen

Auch der Tiefe Brunnen in Nürnberg hat sein Geheimnis: Wer es wagt, ganz nach unten zu steigen, der wird auf einen Gang stoßen, durch den er bis nach Fürth zum Karlsberg gelangen kann. Dort haust in einem herrlichen Saal Kaiser Karl mit seinem Gefolge.

Noch nie hatte es ein Mensch gewagt, den Gang zu suchen und durch diesen bis zum Karlsberg bei Fürth zu laufen.

Als die Nürnberger Räte eines Tages - wie schon so oft - über dieses Geheimnis sprachen, kam man auf die Idee, einem zum Tode verurteilten Mann die Möglichkeit zu geben, in den Brunnen hinabzusteigen und den geheimnisvollen Gang zu suchen. Sollte es ihm gelingen, diesen zu finden und bis zum Karlsberg vorzudringen - was er natürlich irgendwie beweisen musste -, würde man ihm das Leben schenken.

Sofort waren alle von diesem Plan begeistert, die Neugierde plagte die Herren ohne Ausnahme.

Der Verbrecher wurde in den Rathaussaal geführt, wo man ihm die letzte Chance, sein Leben zu retten, erklärte. Der Mann hatte natürlich große Angst, aber er zögerte keinen Augenblick, sondern sagte sofort zu. Sein Leben hatte er verwirkt – so oder so!

An langen Seilen ließ man den Verurteilten in den Tiefen Brunnen hinab. Dort war es vollkommen dunkel, so dass er das Loch vor sich mehr ahnte als es sah. Er kroch hinein und spürte, dass sich vor ihm tatsächlich ein Gang auftat - genauso wie man in Nürnberg schon immer vermutet hatte. Er musste ungefähr eine Stunde zurücklegen, wobei er meist auf dem Bauch vorwärts kroch, denn er konnte kaum aufrecht gehen.

Er zitterte am ganzen Körper, manchmal standen ihm die Haare zu Berge, wenn eine Ratte an ihm vorbeihuschte oder wenn er einen Schatten vor sich glaubte. Aber was blieb ihm anderes übrig? Er musste weiter. Er dachte an den Strick und an den Henker. Diese Gedanken trieben ihn vorwärts.

Plötzlich endete der Gang, und der Mann stieß mit seinen tastenden Händen an etwas, das sich wie eine Tür anfühlte. Vorsichtig drückte er dagegen. Und tatsächlich: sie öffnete sich, und auch schwaches Licht war zu sehen. Jetzt konnte er wieder aufrecht gehen. Bald blickte er in einen großen Saal, der von mächtigen Marmorsäulen gestützt wurde. An den Wänden funkelten Edelsteine in jeder Form und Farbe. Gold und Silber erstrahlten in den Ecken und an der Decke! Ritter in goldenen Rüstungen standen an den Wänden. Am Ende des Saales führten Treppenstufen zu einem Podest hinauf, direkt auf einen langen Tisch zu. An einer Seite saß ein steinalter Mann. Sein Bart war so lang, dass er einige Male um den Tisch gewikkelt war. Das musste Kaiser Karl der Große sein!

Plötzlich raunte einer der Ritter etwas vor sich hin, denn er hatte den Eindringling entdeckt, der schon eine Weile fassungslos in der Tür gestanden hatte. Als er sich wieder in der Gewalt hatte, packte ihn der Schrecken, denn die Ritter bewegten sich langsam auf ihn zu. Schnell griff er nach einem Edelstein, der auf dem Boden lag, doch dann hetzte er mit langen Schritten davon. Er warf sich auf den Boden und kroch doppelt so schnell wie er gekommen war zurück! Endlich erreichte er wieder das Loch im Brunnen, fasste das Ende des Seiles, das dort baumelte, und schrie den oben Wartenden zu, ihn schnell hinaufzuziehen. Erst als er in den Seilen hing, dachte er wieder an die Stricke und an den Henker, der ihn oben erwartete.

Völlig erschöpft und mit fast erstickter Stimme erzählte der Mann von seinem Abenteuer, doch niemand wollte ihm so recht glauben. »Du bist ein Lügner!« herrschte ihn einer der Ratsherren an.

Da plötzlich erinnerte sich der Todgeweihte an den Edelstein, den er in der Hosentasche trug, zog ihn heraus und legte ihn wortlos auf den Tisch. Da verstummten die Zweifler und staunten nicht schlecht, als der Stein vor ihnen glitzerte. Endlich glaubten sie ihm. Und sie hielten ihr Wort: Sie schenkten dem Verbrecher das Leben!

Teufelswerk im Heidenturm

Ein ganz seltsamer Ring umspannt eine der Marmorsäulen in der Kaiserkapelle der Nürnberger Burg. Manche behaupten, der Ring müsse die Säule zusammenhalten, weil sie an dieser Stelle auseinandergebrochen war; und sie liefern auch gleich die Erklärung dafür:

Der Kaiser, der immer wieder mehrere Wochen lang auf seiner Lieblingsburg residierte, verabscheute die düstere, dunkle Kapelle im Untergeschoß. Außerdem war sie viel zu niedrig, dumpf und stickig.

So befahl er dem Burgkaplan, dafür zu sorgen, direkt über der alten Kapelle eine helle, freundliche bauen zu lassen, die dem Kaiser und seinem Gefolge genügend Platz bietet. Bedingung war außerdem: es mussten Säulen aus kostbarstem italienischen Marmor das Deckengewölbe stützen. Schließlich war es ja der Kaiser, der hier dem Gottesdienst beiwohnte. Der hohe Herr fügte hinzu: »Wenn ich wieder hier in Nürnberg einziehe, dann will ich die neue Kapelle einweihen. Sieh also zu, dass du mit der Arbeit vorankommst!«

Der Kaplan fackelte auch nicht lange und bestellte die besten Baumeister zu sich, die sofort Pläne entwarfen und bald mit den Bauarbeiten begannen. Diese gingen auch gar nicht schlecht voran. Doch der Wunsch des Kaisers nach italienischen Marmorsäulen schien ihnen unerfüllbar zu sein, zumal die Wege sumpfig waren, so dass der Transport unmöglich war.

Die Zeit ging dahin, die Kapelle war fertig. Sogar für das Dach brauchte man keine Stützen, denn die Baumeister hatten es verstanden, das Gewölbe so zu konstruieren, dass es sich selbst trug und elegant über die Kapelle wölbte. Aber es fehlten immer noch die vom Kaiser ausdrücklich verlangten Marmorsäulen.

Und schon kündigte ein vorausreitender Bote die baldige Ankunft des Herrschers an. Es war zum Verweifeln!

Wenn der Kaplan den Wunsch des Kaisers nicht erfüllte, könnte sich dessen Zorn gegen den Gottesmann ganz persönlich richten. Und was das bedeutete, malte er sich schon in allen schrecklichen Einzelheiten aus!

So irrte er durch den Burghof, lenkte seine Schritte immer wieder in die fertige Kapelle, schaute verzweifelt gen Himmel, machte hilflose Armbewegungen und ließ sich schließlich in einer dunklen Ecke der unteren, düsteren Kapelle mit einem lauten Seufzer auf einem Stein nieder.

Verschwommen nahm er eine Gestalt wahr, die an der gegenüberliegenden Wand lehnte und mitleidvoll zu ihm herüberblickte. Der Kaplan glaubte dort einen Baumeister zu erkennen. Doch das Gesicht war im Dunkel der düsteren Kapelle nicht auszumachen. Die Gestalt begann langsam zu sprechen: »Ich habe gehört, was dich bedrückt. Ich kann dir helfen. Du musst mir nur den Auftrag dazu geben.« Der Kaplan war nicht einmal erschrokken, so sanft und schmeichlerisch hatte der Mann gesprochen. Als dieser jedoch näher trat, zuckte der Gottesmann fürchterlich zusammen, denn er erkannte die Fratze des Teufels. Dessen Worte waren auch allmählich fordernder und wirkten bedrohlicher: »Ich besorge dir die schönsten italienischen Marmorsäulen bis zur Ankunft des Kaisers. Du musst mit mir nur eine Wette abschließen. Ich wette, dass ich deine heiß begehrten Säulen schneller herbeischaffe als du mit dem Lesen deiner Messe fertig bist. Aber da du ungeheuer schnell mit der Zunge bist, kannst du leicht auf die Wette eingehen. Wie gesagt, wenn du schneller fertig bist mit deiner Messe als ich die Säulen - natürlich eine nach der anderen - herbeischaffe, gehören diese dir. Sollte indes ich schneller sein, gehört mir deine Seele.«

Beim letzten Satz trieb es dem Kaplan den Angstschweiß auf die Stirn. Von solchen Wetten des Teufels hatte er nämlich schon gehört. Und in der Regel hatte dieser die Wette gewonnen.

Aber der arme Kaplan war total verzweifelt, so dass er keinen anderen Ausweg mehr wusste als auf die Wette einzugehen. Außerdem tröstete er sich damit, dass es dem Teufel wohl kaum gelingen könne, vier Säulen einzeln in der gleichen Zeit aus dem fernen Italien nach Nürnberg zu transportieren während er die Messe las!

»Also, es gilt!« sagte schließlich der Kaplan mit leiser Stimme. Er legte sich auch gleich das Messgewand um, und als er mit dem Lesen begann, brauste der Teufel davon. Doch kaum hatte jener die ersten Worte gesprochen, hörte er ein schreckliches Donnern, Brausen und Krachen. Die erste Säule stand an ihrem Platz! Unbeeindruckt - so jedenfalls schien es – las der tapfere Kaplan weiter. Immer schneller und schneller.

Er war noch nicht einmal halb fertig, als schon die zweite Säule mit Donner und Blitz in die Kapelle krachte und auf dem richtigen Platz landete. Das Brausen wurde immer beängstigender, die Luft begann zu flimmern, der Boden erzitterte. Die dritte Säule stand!

Dem Kaplan verschlug es regelrecht den Atem. Sein Kopf drohte zu zerspringen, die Zunge schwoll ihm an und er glaubte, kein Wort mehr herauszubringen. Doch bevor ihm ganz die Stimme versagte, presste er mit letzter Kraft die Worte »Ite missa est« hervor. Dann sackte er bewusstlos zu Boden. Der Teufel, der mit der vierten Säule auf der Schulter schon fast am Heidenturm angekommen war – wieder natürlich mit unglaublichem Getöse und lautem Donner – hörte diese letzten Worte des Kaplan, die die Messe beendeten, und glaubte die Wette verloren zu haben. Voller Zorn schleuderte er die Marmorsäule in die Kapelle, so dass das kostbare Stück zerbrach.

Nach einiger Zeit erholte sich der Kaplan von seiner Ohnmacht, erkannte geistesgegenwärtig die Situation und holte einen Baumeister, der die Idee hatte, die Säule mit einem Ring zu flicken. Schnell war diese aufgerichtet.

Es war aber auch höchste Zeit, denn der Kaiser stand mit seinem ganzen Gefolge vor den Toren der Reichsstadt.

Als er die wundervolle neue Kapelle – lichtdurchflutet und elegant mit den vier kostbaren Marmorsäulen geschmückt – sah, war er von diesem Anblick so überwältigt, dass er alle Beteiligten lobte und reich belohnte. Den Ring, der den Bruch der Säule verdeckte, hatte der Kaiser offensichtlich gar nicht gesehen!

»Mach ka Worschtpredigt!«

Im Heidenturm, dem Chorturm der Kaiserkapelle, wurde im unteren Raum für das niedere Volk, vor allem für die

Gärtner und Bauern, die hinter der Burg wohnten, Gottesdienst gehalten.

Nur alle zwei Wochen übernahm diesen Dienst der Pfarrer selbst, ansonsten mussten die Leute sich mit einem zahnlosen Mesner begnügen, der auch noch schrecklich stotterte und manchmal kein einziges Wort herausbrachte. Welche Art von Gottesdienst das war, kann sich jeder gut vorstellen! Doch die Bauern hatten sich damit abgefunden, wenn ihnen dieser Gottesdienst natürlich auch nicht viel bedeuten konnte, zumal der Mesner eigentlich nie eine richtige Predigt hielt, sondern immer nur aus der Bibel vorlas.

Dabei beleuchtete eine kümmerliche Laterne, eine richtige Funzel, das Lesepult, während die Gläubigen im Dunkeln standen und sich wie in einer Gruft vorkamen.

Manchmal war die Szenerie besonders gespenstisch, wenn das Licht zu flackern begann und sich dunkle Schatten an den Wänden hin und her bewegten. Da der Aberglaube noch immer weit verbreitet war, glaubten die Menschen, dass gerade in den dunklen Zeiten sich viele Geister dort um die Burg herum aufhielten und nur darauf lauerten, den armen Sündern übel mitzuspielen. Hatte nicht auch der Teufel persönlich die Säulen der Kapelle aus Italien herbeigeschafft, um eine Wette zu gewinnen? Dass es ihm nicht gelungen war, zeigt der eiserne Ring um die eine Säule, die er zu Boden schleuderte, als er seine Wette verloren hatte.

Mitunter geschah aber auch höchst Überraschendes in dem kalten, dunklen Gemäuer. Als nämlich der zahnlose Mesner einmal wieder seine Stimme erhob, kamen ihm die Zeilen des 23. Psalm ganz ohne Gestotter über die Lippen. Mit klaren, deutlichen Worten las er den überraschten Bauern vor, fasste Mut und fing gar zu predigen an.

Die Gläubigen, die an diesem verregneten Herbsttag zahlreich erschienen waren und überrascht in den dunklen Ecken der Unterkapelle dem Mesner lauschten, wurden plötzlich aus ihrer Andacht gerissen, flog doch ein riesiger, schwarzer Vogel durch das Gemäuer, erst lautlos, dann mit geräuschvollen Schlägen seiner Schwingen, setzte sich neben der Bibel auf das Lesepult und krächzte laut und vernehmlich: »Halt endlich dei Maul! Mach ka Worschtpredigt!«

Nicht nur der Mesner fuhr heftig zusammen, rumpelte vor lauter Schreck an das Pult und warf es um. Auch die Laterne ging zu Bruch, und es war stockfinster in diesem dumpfen Raum. Alle standen wie zu Salzsäulen erstarrt, keiner wagte sich zu rühren oder auch nur einen Ton zu sagen.

»Der Teufel! Der Teufel!« entfuhr es dem zu Tode erschrockenen Mesner, der offensichtlich auch nicht so ganz von seinen christlichen Botschaften überzeugt und noch recht abergläubisch war.

»Der Teufel! Der Teufel!« brüllten dann alle im Chor, rafften sich auf, drängten zur Tür, stießen einander um und trampelten wie wild über einige Gestrauchelte. Nur weg! Hinaus aus dem Raum, in dem womöglich der Teufel lauerte!

Noch draußen auf dem schlammigen, regendurchweichten Weg unterhalb des Ölberges hörte man sie mit keifenden Stimmen schreien.

Auch der schwarze Vogel war offensichtlich furchtbar erschrocken, als die Meute zu rennen begann, und war ebenfalls durch die Tür entwichen. Er kreiste über den Köpfen der Fliehenden und kreischte immer wieder laut und vernehmlich: »Halt endlich dei Maul! Mach ka Worschtpredigt!«

Natürlich war es nicht der Teufel, der den Gottesdienst gestört hatte, sondern eine gezähmte Dohle, die diese Wort vom Türmer auf dem Sinwell-Turm gelernt hatte, die er offensichtlich oft genug seiner Frau zurief.

Doch seit jener Zeit ließ sich kein Gärtner oder Bauer im Heidenturm beim Gottesdienst mehr blicken. Auch der zahnlose Mesner war damit von seiner Pflicht entbunden.

Die blaue Agnes

Jörg Kohler war Türmer auf dem Sinwellturm hoch oben auf der Nürnberger Burg. Er überwachte die Altstadt und warnte beim ersten Aufflackern eines Feuers die Bürger.

Einsam verbrachte er Stunde um Stunde, Jahr um Jahr. Nur einmal im Monat stieg er die vielen Stufen hinab und ging in die Stadt, um Vorräte einzukaufen oder die Tuche zu verkaufen, die er auf seinem Webstuhl gefertigt hatte.

So war er wieder einmal eines Tages in Nürnberg unterwegs, um Besorgungen zu machen. Nach einigen Stunden stieg er – diesmal schwer bepackt – zur Burg hinauf. Er war ganz schön erschöpft, als er am Fuß der Burg ankam, wo er sich kurz ein wenig ausruhen wollte.

Es war Weihnachtsabend, und Kohler blickte traurig hinab auf die dunklen Gassen und verschneiten Dächer. Als er so dasaß auf der kalten Steinstufe, überwältigten ihn seine Erinnerungen. Er dachte an seine Jugendzeit, die er in größter Armut verbringen musste, an die Jahre als Söldner im Dienst der Stadt, aber auch an seinen schönsten Tag, als er seine Ursula in St. Sebald heiratete – und natürlich kam ihm schnell auch sein Töchterchen Agnes in den Sinn. Ursula und Agnes waren schon lange tot, hatten ihn recht früh alleine gelassen. Daraufhin zog er sich zurück in die kleine Stube auf dem Sinwellturm.

Plötzlich liefen dem alten Mann die Tränen über seinen weißen Bart. Die Einsamkeit plagte ihn schwer, ganz besonders an diesem Weihnachtsabend.

Der Wind fuhr ihm durch das Haar und rüttelte ihn auf. Ihn fröstelte. Schnell stand er auf und stieg auf den Turm hinauf. Finster war es auf der engen Schneckentreppe.

Noch nicht ganz an der Tür, hörte er ein seltsames Stöhnen und Jammern, das er sich nicht erklären konnte. Mit der Fußspitze stieß er gegen etwas, was vor seiner Tür lag. Er öffnete diese und holte Licht. Ein kleines Mädchen kauerte direkt vor dem Eingang zur Stube. Es war bleich und seine Augen schauten ängstlich in das nahe,

runzelige Antlitz des Türmers. Das Mädchen bewegte sich kein bisschen, so dass Kohler es sanft in seine Arme nahm, über die Schwelle trug und auf die Ofenbank legte. Schnell krachte das trockene Holz im Ofen, und wohlige Wärme breitete sich aus in dem kleinen, engen Raum. Kohler kochte eine Suppe und fütterte das Mädchen, das hastig zu essen begann. Offensichtlich hatte es tagelang nichts mehr zu essen bekommen.

Erst als es sich gestärkt hatte und sich auch nicht mehr ängstigte, begann es stockend zu erzählen: Seit mehreren Wochen war es mit seinen Eltern von Ort zu Ort gezogen, nachdem die Familie aus ihrer Heimat von Menschen, die sich Christen nannten, vertrieben worden waren. Daraus schloss Kohler, dass es sich um ein Kind jüdischer Herkunft handelte. Am Weihnachtstag waren sie in Nürnberg angekommen, wo man die Eltern aufgegriffen und irgendwohin verschleppt hatte. Um das Kind, die kleine Ruth, hatte sich indes niemand gekümmert. So war sie zur Burg hinaufgegangen und hatte, als es dunkel wurde, im Sinwellturm Schutz gesucht.

Der Alte tröstete das Mädchen und versprach ihm Hilfe. Wortlos holte er dann das kleine Bäumchen, schmückte es und erzählte dem Mädchen alles über das Weihnachtsfest. Dieses war jedoch so erschöpft, dass es nach wenigen Minuten auf der Ofenbank einschlief.

Der Türmer erkundigte sich zwar nach den Eltern Ruths, doch sie waren für immer verschwunden. Daher blieb sie bei Kohler, wo sie sich schnell eingewöhnte. Je öfter der Alte sie anschaute, desto deutlicher sah er sein

Töchterchen in ihr, so dass er Ruth bald nur noch »Agnes« rief. Er dankte dem Himmel, dass er wieder eine »Tochter« hatte, um die er sich kümmern durfte.

Auch Agnes liebte ihren Ziehvater, der sie so selbstlos aufgenommen hatte. Sie machte sich nützlich, hielt die Stube in Ordnung, setzte sich an den Webstuhl oder hielt Ausschau und bewachte die Stadt, wenn Kohler müde war. Sie blies genauso lautstark in die Trompete, wenn sie irgendwo ein Feuer entdeckte.

Aus seinem selbst gewebten Stoff schneiderte der Türmer dem Mädchen immer wieder neue Kleider. Da er aber nur die Farbe blau herstellen konnte, mit der er das Tuch färbte, war jedes Kleid der heranwachsenden Agnes blau. Kein Wunder also, dass sie von den Burgbewohnern bald die »blaue Agnes« genannt wurde. Ihr machte das nichts aus, wenn sie so gerufen wurde, lachte nur und war zu allen Menschen freundlich.

In großer Zufriedenheit lebten Jörg Kohler und seine Agnes fast zehn Jahre lang gemeinsam in der engen Stube des Sinwellturms auf der Nürnberger Burg. Agnes war zu einer schönen, stattlichen jungen Frau herangewachsen, die alle sehr schätzten. Natürlich war der Türmer stolz auf sie. Dennoch machte er sich Sorgen, was wohl sein würde, wenn er eines Tages nicht mehr lebte. Agnes wollte davon nichts wissen und antwortete nur, wenn er sie danach fragte: »Ich bleibe immer bei dir. Nichts und niemand kann mich von dir trennen.«

In einer Septembernacht 1590 brach in der Stadt ein Großfeuer aus, so dass alle Türmer Nürnbergs Alarm schlugen. Nur vom zuverlässigsten Türmer der ganzen Zunft, von Jörg Kohler, hörte man nichts, keinen einzigen Laut aus seiner Trompete.

Der Feuerhauptmann der Stadt schickte deshalb jemanden hinauf, um nach dem Türmer zu sehen. Man fand ihn tot, sein Kopf war auf die Bibel am Tisch gesunken. Von Agnes keine Spur! Sie war weg. Jörg Kohler fand seine letzte Ruhestätte auf dem Kirchhof von St. Sebald.

Da Türmer rar waren, ließ man den Sinwellturm zunächst unbesetzt. Erst im Dreißigjährigen Krieg, als dauernd Heerhaufen auf die Stadt zustürmten und Feuer legen wollten, besetzte der Rat den Turm wieder mit einem Feuerwächter. Dieser staunte nicht schlecht, als er schon in der ersten Nacht, die er dort oben verbrachte, Geräusche auf der Treppe hörte. Ihm war, als ob eine Person auf und ab liefe. Immer wieder hörte er, wie eine junge Frau mit leiser Stimme fröhliche Lieder sang. Auch das eintönige Geklapper des Webstuhles war nicht zu überhören. In der Turmstube selber war nie ein solches Geräusch oder Singen zu vernehmen. Aber wenn sich der Türmer auf die Ofenbank legte und seinen für die Stadt so wichtigen Dienst vergaß, rüttelte ihn jemand unsanft, bis er wach war und seine Aufgabe wieder übernahm.

Dies alles störte den Türmer nicht, denn er verspürte weder Unbehagen noch Angst. Zudem musste er nie sauber machen, denn die Stube und die Treppe waren immer blitzblank geputzt.

Doch nicht nur dem Türmer auf dem Sinwellturm ging Agnes zur Hand, auch in den anderen Türmen der Stadt schlich sie umher und half bei der täglichen Arbeit, so dass die Wächter nur Ausschau halten mussten. Tage bevor ein Brand ausbrach, bewegte sich die Feuertrompete an der Wand, oder die Feuerglocke erzitterte leise, aber gut vernehmlich. So wussten die Türmer rechtzeitig, dass sie achtsam sein mussten.

Die »blaue Agnes« war somit nicht nur für die Türmer hoch oben in ihren kleinen Stuben über Nürnberg eine große Hilfe, sondern sie wurde zum besonderen, hoch geschätzten Schutzgeist der ganzen Reichsstadt.

Ein blutiger Traum

Burggraf Friedrich von Hohenzollern hatte sechs Kinder: vier Mädchen und die beiden Söhne Hans und Siegmund, 18 und 16 Jahre alt. Trotz ihrer Jugend waren sie schon erfahrene Kämpfer und Jäger. Oft durchstreiften sie die dichten Wälder rund um Nürnberg, die damals fast bis an die Stadtmauern reichten. Wild gab es genug, allerdings auch Bären und vor allem Wölfe.

Im Herbst des Jahres 1264 waren besonders große Wolfsrudel bis vor die Tore der Stadt gekommen, dort wo die Zeidler in ihren Hütten lebten und ihre Bienenstöcke am Rand des Waldes aufstellten. Diese mussten genauso wie die Bauern ihren Zehnten an den Burggrafen einmal im Jahr abliefern.

Ende Oktober war es wieder einmal soweit: Ein Zeidler und seine Frau machten sich auf den Weg, den Honig zum Burggrafen zu bringen. Ihren zehnjährigen Sohn und die vierjährige Tochter ließen sie zu Hause und schärften ihnen ein, ja nicht die Hütte zu verlassen, da die Wölfe ganz in der Nähe durch den Wald streiften. Die Kinder versprachen ihren Eltern hoch und heilig, in der Hütte zu bleiben, zumal ihnen diese als Belohnung Lebkuchen mitbringen wollten.

So spielten sie bis zum Abend brav in der Hütte. Erst als ein Nachbarjunge an der Tür klopfte, vergaßen sie ihr Versprechen und spielten vor dem Haus.

Plötzlich tauchten zwei Wölfe auf und rannten auf die spielenden Kinder zu. Der Nachbarjunge kletterte blitzartig auf den nächsten Baum, während der Zeidlerjunge seine Schwester packte und mit ihr in Richtung Hütte lief. Fast hätten sie sich noch in das Haus retten können, doch die Wölfe holten sie ein und zerfleischten sie mit ihren scharfen Zähnen.

Nur wenige Minuten später kamen die Eltern zurück. Weil sie die Kinder nicht sahen, durchsuchten sie das ganze Haus, fanden aber weder den Jungen noch das Mädchen. »Gott sei Dank«, dachten sie, »da sind sie«, als sie eine Kinderstimme vernahmen. Doch die gehörte zum Nachbarjungen, der vollkommen verstört vom Baum herabstieg. Er berichtete den armen Eltern vom grausamen Tod ihrer Kinder.

Als am nächten Tag der Burggraf mit seiner Familie und Gästen am großen Tisch des Speisesaales Platz genommen hatte und gerade mit dem Mahl beginnen wollte, wurde die Tür aufgerissen, durch die das Zeidlerpaar in den Raum stürmte. Die Diener waren nicht in der Lage gewesen, sie aufzuhalten, da diese voller Zorn einfach an ihnen vorbeigerannt waren. Wutentbrannt schleuderte der Zeidler die blutverschmierten Überreste seiner beiden Kinder auf den Boden und stieß dabei die Worte hervor: »Hier habt Ihr meinen Zehnt, Reichsvogt! Die Reste meiner Kinder! Zerrissen von Wölfen, als ich Euch den Honig bringen musste!«

Die Tafelrunde erstarrte. Die Frau des Burggrafen eilte auf die Zeidlerin zu und versuchte die arme, verzweifelte Frau zu trösten. Der Burggraf sprang auf und kündigte für den nächsten Tag eine Wolfsjagd an. Die Zeidler indes zogen traurig ab. Ihre Kinder konnte ihnen niemand mehr lebendig machen.

Als sich am nächsten Morgen die Jagdgesellschaft im Burghof versammelte, die Hunde schon an ihren Leinen zerrten und die Pferde nervös herumtänzelten und jeder nur auf das Hornzeichen zum Aufbruch wartete, stürzte die Frau des Burggrafen mit bleichem Gesicht und rot verweinten Augen aus der Tür und beschwor ihre beiden Söhne, zu Hause zu bleiben und nicht mit zur Jagd zu reiten. Sie sagte mit flehenden Worten: »Ich hatte einen Traum, in dem man euch als blutende Leichen zur Burg zurücktrug. Bleibt hier, ich bitte euch inständig darum!« Die beiden lachten jedoch nur, und Hans erwiderte: »Beruhige dich, Mutter. Das war doch nur ein Traum, ausgelöst durch das schreckliche Ereignis von gestern Abend.

Wir passen schon gut auf uns auf. Außerdem sind Vater und die ganze Jagdgesellschaft bei uns.«

Das Hornsignal ertönte, und die Jäger sprengten zum Tor hinaus. Nur die verängstigte und noch immer am ganzen Körper zitternde Mutter blieb im Burghof zurück.

Die Jagd war außergewöhnlich erfolgreich: Eine Vielzahl von Wölfen, Wildschweinen, Hirschen und Füchsen bildeten die Strecke, die vor die Jäger hingebreitet wurde. Zufrieden ließen sich der Burggraf und seine Jäger auf einer Lichtung nieder und begannen den Jagdschmaus. Kurz vor Sonnenuntergang machte man sich wieder auf den Weg. Friedrich und der Großteil der Jagdgesellschaft ritten zur Burg. Die jungen Leute, auch die beiden Söhne des Burggrafen, wollten noch im Jagdschlösschen nahe dem Weißen Turm die Beute verstauen.

Zwischen dem Weißen Turm und dem heutigen Spittlertor lag eine Art Vorstadt vor den Mauern, wo sich die Sensenschmiede niedergelassen hatten. Wegen der großen Feuergefahr, die von den Schmiedewerkstätten ausging, mussten sie außerhalb der Stadtmauern ihr Handwerk ausüben.

Als die jungen Edelleute mit einigen Knechten diese Vorstadt durchritten, waren sie plötzlich von den Sensenschmieden umzingelt, die Sensen, Beile, Hämmer und Eisenstangen in ihren Händen hielten und den beiden Söhnen des Burggrafen bedrohlich näher kamen. Der Kreis öffnete sich, und zwei Schmiede trugen eine Bahre, auf der ein lebloser Körper eines Knaben lag. Die Mutter stand laut schreiend und wild gestikulierend neben der Bahre und drohte mit ihren Fäusten Hans und Siegmund. Auch der Vater des Toten hatte eine schwere Eisenstange gegen die beiden erhoben. Diese fragten, was das alles bedeuten solle. Darauf anwortete der Vater zornentbrannt: »Als Euere Knechte die von der Jagd noch ganz wilden und zügellosen Hunde durch unsere Gassen führten, saß unser Junge, der jetzt leblos vor Euch liegt, vor dem Haus. Da er wegen der Kühle des Abends einen Wolfspelz übergestreift hatte, rissen sich die Hunde los und stürzten sich auf den Vierjährigen. Ehe die Knechte dazwischen gehen konnten, war der Junge tot. Das müsst Ihr jetzt büßen!«

Das letzte Wort war noch nicht ganz verklungen, als sich die Sensenschmiede auf die Söhne des Burggrafen warfen, sie vom Pferd rissen und mit ihren schweren Eisenhämmern, Stangen und Beilen erschlugen. Die beiden konnten nicht einmal mehr ihre Schwerter ziehen, so schnell hatten die kräftigen, vor Wut rasenden Sensenschmiede sie angegriffen.

Diese kamen erst zur Besinnung, als die beiden jungen Männer ihr Leben ausgehaucht hatten. Die wenigen Knechte hatten gegen die Übermacht der Sensenschmiede keine Chance und konnten ihren Herren nicht mehr zu Hilfe kommen. Schweigend legten sie die Toten auf ihre Spieße, schulterten sie und trugen sie in die Burg hinauf.

Es lässt sich denken, dass die dort versammelten Jäger und Ritter vor Zorn schäumten, nach ihren Waffen griffen und sich auf die Pferde schwangen, um sich an den Mördern auf der Stelle zu rächen. Doch der Burggraf stellte sich ihnen in den Weg und versprach, ein strenges Strafgericht abzuhalten.

Die Sensenschmiede indes, die natürlich ahnten, was sie erwartete, zögerten keinen Augenblick, packten eilig ihr Hab und Gut zusammen und zogen noch in der gleichen Nacht der Bluttat mit Kind und Kegel nach Donauwörth, wo sie vor dem Strafgericht des Burggrafen sicher waren.

Die beiden Söhne des Burggrafen fanden in der Jakobskirche ihre letzte Ruhestätte.

Der Kaiser und der Wirt

Wenn der Kaiser in Nürnberg mit seinem riesigen Gefolge auf der Burg residierte, zog es Händler und Kaufleute in die Reichsstadt, weil sie in diesen Wochen auf gute Geschäfte hofften.

So war es auch, als Kaiser Rudolf von Habsburg 1274 in Nürnberg seinen ersten Reichstag abhielt. Alle bedeutenden Reichsfürsten waren versammelt.

Natürlich wurde bei einer solchen Gelegenheit auch kräftig gefeiert und bei den Kaufleuten, die von weit her gekommen waren, vor allem exotische Waren und wertvolle Stoffe gekauft.

Einer dieser Kaufleute hatte mächtig verdient. Daher vertraute er dem Wirt, bei dem er wohnte, 200 Silberstücke in einem Ledersäckchen an, denn er wollte das Geld nicht mit sich herumtragen, schließlich lungerten allerlei Gesindel, schlaue Diebe und gierige Räuber in den dunklen Gassen herum, die darauf lauerten, den »Pfeffersäcken« ihr ehrlich verdientes Geld wieder abzunehmen.

Als der Kaufmann, der weder einen Zeugen für die Übergabe des Geldes an den Wirt noch irgendetwas Schriftliches in der Hand hatte, seine 200 Silberstücke zurückhaben wollte, konnte sich der Wirt angeblich an nichts mehr erinnern. Er war eben ein Schurke und missbrauchte das blinde Vertrauen des Kaufmanns gnadenlos, um sich zu bereichern.

Natürlich gab es in Nürnberg auch Richter, an die sich die Bürger wandten, aber die konnten gar nicht anders als die Klage abzuweisen, wenn es keine Zeugen oder schriftlichen Zeugnisse gab.

Der betrogene Kaufmann war verzweifelt und wollte schon aufgeben und abreisen, als ihm ein Bekannter den Rat gab, sich an den Kaiser zu wenden, der tatsächlich Hilfe versprach.

Dieser befahl, den gemeinen Wirt rufen zu lassen. Dann lud er auch eine ganze Reihe von Nürnberger Bürgern ein, um ihnen zu zeigen, wie man so einen Mann überführte.

Neugierig reckten alle die Hälse, als der Wirt in seinem besten Sonntagsgewand und mit einer kostbaren Pelzmütze den Raum betrat. Keiner wusste, was der Kaiser vorhatte, wie er den Wirt überführen wollte.

Scheinbar gut gelaunt, machte der Herrscher dem Wirt große Komplimente und bestaunte vor allem die Pelzmütze. Schließlich bat er den Wirt, ihm die Mütze zu geben - er wolle sie selbst einmal aufsetzen. Belustigt stolzierte er hin und her, indem er immer wieder auf die Mütze deutete und Grimassen dazu schnitt. Plötzlich wurde der Kaiser jedoch wieder ernst, gab den Wachen den Befehl, niemanden aus dem Raum zu lassen, nahm schließlich die Mütze vom Kopf, gab sie einem seiner Getreuen und schickte diesen zum Haus des Wirtes. Er sollte der Wirtin einen schönen Gruß von ihrem Mann überbringen, ihr die teure Mütze zeigen und ausrichten lassen, dass ihr Mann dringend den Geldsack mit den 200 Silbermünzen benötigte.

Die Wirtin erkannte selbstverständlich sofort die teure Mütze ihres Mannes, zweifelte keinen Augenblick an der Richtigkeit der Botschaft und händigte dem Boten den Geldsack aus.

Zurück auf der Burg, übergab dieser den Geldsack dem Kaiser, der sich inzwischen in recht freundlicher Weise mit dem Wirt unterhalten hatte. Doch schnell wurde der Kaiser ernst, schlug einen ganz scharfen Ton an und berichtete von der Klage des Kaufmanns, indem er dem Wirt unablässig ins Gesicht schaute. Schließlich machte er ihm direkte Vorwürfe, bezichtigte ihn als Lügner und Halsabschneider und zeigte ihm den Geldsack. Der Wirt wurde blass und erkannte, dass es keinen Sinn mehr hatte zu lügen. Er sah keine andere Möglichkeit, als sich dem Herrscher vor die Füße zu werfen und um Gnade zu winseln.

Der Kaiser ließ ihn nicht, wie viele erwartet hatten, in den Turm sperren, sondern verurteilte den Wirt dazu, eine hohe Geldstrafe zu bezahlen.

So war jedem geholfen: Den Bürgern, die eine hübsche Summe in die Stadtkasse bekamen, und auch dem Kaufmann, der sein Geld wieder hatte. Jeder der Anwesenden rühmte die Weisheit Kaiser Rudolfs, der nicht Rache wollte, sondern Gerechtigkeit.

Vertauschte Rollen

An Weihnachten 1360 hielt sich Kaiser Karl IV. wieder einmal mit seiner Frau, Kaiserin Anna, und seinem ganzen Hofstaat in Nürnberg auf. Am 26. Februar 1361 wurde hier sein einziger Sohn geboren.

Der Kaiser war hoch erfreut, so dass er Nürnberg als Geschenk ein Jahr lang alle Abgaben und Lasten erließ.

Auch die Taufe des Prinzen fand in Nürnberg statt. In der Sebalduskirche stiftete der Kaiser für dieses Ereignis extra einen neuen Taufstein, den Wenzelstein, der mit der heiligen Handlung eingeweiht wurde.

Diesen Tag feierte man ganz groß. Salutschüsse hallten durch die altehrwürdigen Mauern der Stadt, der Täufling wurde unter einem purpurnen Baldachin durch die Straßen getragen, wo sich die Nürnberger zahlreich versammelt hatten und dem Prinzen und allen anwesenden Reichsfürsten zujubelten. Mit Stolz geschwellter Brust schritt der Kaiser durch die Stadt. Man konnte es ihm deutlich ansehen, dass er lange auf diesen Tag gewartet hatte, denn bis zu diesem Zeitpunkt hatte ihm die Kaiserin nur Töchter geschenkt. Der Thronfolger war endlich auf der Welt, so dass auch die Nachfolge für die kaiserliche Familie gesichert war.

Für die Nürnberger ließ der Herrscher vor lauter Freude ein riesiges Fest ausrichten. Endlich gab es einmal Abwechslung im grauen Alltag – nicht nur für den Adel und die Patrizier, sondern auch für das Volk!

Es ist allerdings höchst fraglich, ob der Kaiser diesen Tag mit so viel Stolz und Freude begangen hätte, wenn er gewusst hätte, dass seine Frau wieder eine Tochter zur Welt gebracht und den Thronfolger ihm nur untergeschoben hatte?

Die Kaiserin fürchtete die Wutausbrüche des alternden Kaisers, wenn er die Wahrheit erfahren hätte. So beschloss sie sofort nach der Geburt, das Mädchen gegen einen Buben auszutauschen. Zur gleichen Zeit hatte nämlich Martha Stengel, die Frau eines Nürnberger Schusters, einem Jungen das Leben geschenkt. Lange zögerte sie, dem Tausch zuzustimmen, doch als man ihr viel Geld anbot, willigte sie schließlich ein, zumal ihr Mann von der Geburt des Buben noch nichts wusste.

Eine Vertraute der Kaiserin brachte noch in der gleichen Nacht das schlafende Mädchen zur Schustersfrau, hob deren Buben aus seiner Wiege und legte stattdessen die Prinzessin hinein.

Niemand hatte von dem Kindstausch etwas mitbekommen. Schlecht schlief Martha Stengel die darauffolgende

Nacht, wurde sie doch von heftigen Gewissensbissen geplagt. Schnell hatte sie den Tausch bereut, auch wenn sich ihr Mann über die Geburt des Töchterchens gefreut hatte. Doch es war zu spät, alles wieder rückgängig zu machen, denn der Kaiser hielt, wie er glaubte, seinen Sohn, den Thronfolger, bereits in den Armen.

Ein Priester, der das Mädchen auf Befehl der Kaiserin auf den Namen Elisabeth taufte, ließ die Schustersfrau im Namen Gottes schwören, nie das Geheimnis des Kindstausches preiszugeben.

Das Mädchen, das allgemein Else gerufen wurde, wuchs zu einer hübschen jungen Frau heran. Als sie der Vater, wie es damals üblich war, mit einem angesehenen Zirkelschmied verheiraten wollte, weigerte sich seine Frau mit allen Kräften, dieser Heirat zuzustimmen, so dass es im Haus der Familie Stengel laufend Zank und Streit gab.

Pater Hilarius von St. Egidien war ein guter Bekannter des Schusters. Auf Bitten des Meisters versuchte auch er die Schustersfrau umzustimmen, doch endlich in die Heirat einzuwilligen. Da er es immer wieder versuchte, gestand ihm Martha Stengel in einer schwachen Stunde den Kindstausch und meinte, man könne doch eine echte Prinzessin nicht mit einem Handwerker verheiraten.

Der Pater sah in diesem Geheimnis seine große Chance. Er reiste an den Hof nach Prag, wo inzwischen Wenzel seinem verstorbenen Vater auf dem Kaiserthron gefolgt war. Er bekam auch tatsächlich Audienz beim Kaiser, dem er unter vier Augen alles erzählte, was er von der Meisterin erfahren hatte.

Dem Kaiser fuhr der Schrecken in die Glieder, denn ihm war augenblicklich klar geworden, dass er die längste Zeit Kaiser gewesen wäre, wenn irgendjemand von dem Kindstausch in Nürnberg erfahren hätte und davon Kenntnis erhalten hätte, dass er der leibliche Sohn eines Schusters sei. Er zog schon in Erwägung, den Pater unter irgendeinem Vorwand töten zu lassen, ließ diesen Gedanken aber gleich wieder fallen. Er ließ Pater Hilarius schwören, zu keinem Zeitpunkt und mit niemandem über dieses Geheimnis zu sprechen. Um sich die Treue des Paters zu sichern, machte er ihn zum Bischof.

Elisabeth ließ Wenzel an seinen Hof kommen, machte sie mit dem höfischen Leben vertraut, erhob sie zur Gräfin, stattete sie mit Gütern aus und verheiratete sie standesgemäß mit einem Adeligen. Auch seine leibliche Mutter, die Schusterin, holte er an den Hof nach Prag, damit sie immer in seiner Nähe sein konnte. Den Vater, der unter keinen Umständen Nürnberg verlassen wollte, besuchte – wie immer wieder von Nachbarn erzählt wurde – ein Mann in einer Mönchskutte.

Der Brautkuss des Eppelein

Ein Brief war den Nürnberger Ratsherrn auf den Tisch geflattert, ein ganz besonderer Brief, denn der war vom allseits gefürchteten Eppelein, der den verdutzten Nürnbergern wissen ließ, dass er die Agnes, eines der schönsten Nürnberger Mädchen, zur Frau haben wollte. Er werde sich schon seinen Wunsch erfüllen, auf sein Wort könnten sich die Ratsherren verlassen.

Das war ein Wunsch! »Der Strauchdieb erdreistete sich, ein ehrsames Nürnberger Mädchen heiraten zu wollen! Eine unglaubliche Frechheit!« So jedenfalls empörten sich die Herren der Stadt.

Eilig setzten sie ihrerseits einen Brief auf, in dem sie dem Raubritter mitteilten, dass er sich das aus dem Kopf schlagen solle; außerdem sei die schöne Agnes bereits einem Nürnberger Bürgersmann versprochen.

Eppelein schrieb wieder an den Rat und teilte ihm diesmal mit, dass er schon immer bekommen hätte, was er sich in den Kopf gesetzt hatte. Er würde diesen Wunsch auf alle Fälle erfüllen, sich den Hochzeitskuss abholen und auch die fette Mitgift!

Diesmal lachten die Nürnberger über den Brief des Eppelein. Aber sie rieten dem alten Tetzel, seine Agnes schnell zu verheiraten; dann würde dem Eppelein schon die Heiratslust vergehen!

Dem Verlobten der Agnes, dem jungen Mendel, ging das aber alles viel zu schnell. Er wollte sich nämlich für die Hochzeit unbedingt noch einen neuen Anzug schneidern lassen, und der Stoff dafür war bereits in einem Kaufmannszug unterwegs. Doch der junge Herr ließ sich überzeugen, so dass die Hochzeit mit großem Prunk im Rathaussaal zu Nürnberg gefeiert wurde.

Als gerade die Speisen und Getränke aufgetragen wurden, dass sich die Tische bogen, und den Gästen das Wasser im Munde zusammenlief, stürzte plötzlich ein

Bote in den Saal und verkündete: »Ein Unglück ist geschehen! Der Eppelein, der Hund, hat eueren Kaufmannszug überfallen und ausgeraubt. Kein einziges Stück ist mehr auf dem Wagen zurückgeblieben!«

Die Männer erstarrten, doch bald sprangen sie auf, und einige riefen: »Jetzt ist es genug. Jetzt reicht es uns endgültig! Die Beute werden wir ihm wieder abjagen!« Sie eilten hinaus, griffen zu den Waffen, sprangen auf ihre Pferde und stoben davon. Nur die Braut blieb verstört im Rathaussaal zurück. Wie versteinert saß sie auf ihrem Stuhl.

Als alle Männer hinausgestürmt waren, stand nur noch einer im Raum: Der fremde Bote, der die schlimme Nachricht überbracht hatte. Langsam ging er auf die junge Frau zu, nahm sie in die Arme und küsste sie auf den Mund. Dann flüsterte er ihr ins Ohr: »Ich habe es doch den schlauen Räten prophezeit, dass ich mir meinen Hochzeitskuß und die fette Mitgift hole.«

Mit diesen Worten ging der Eppelein zur Tür, verbeugte sich kurz, und ehe die Braut aufkreischen konnte, war der Eppelein auch schon verschwunden.

Die Nürnberger hängen keinen

Endlich war es den Nürnbergern gelungen, ihren schlimmsten Feind, den Eppelein von Gailingen, gefangen zu nehmen. Er saß im Gefängnis und wartete auf seine Hinrichtung. Einstimmig hatte ihn der Nürnberger Rat zum Tode mit dem Strick verurteilt.

Wie jedem anderen Verbrecher sollte auch ihm ein letzter Wunsch erfüllt werden. Als ihm dies mitgeteilt wurde, sagte Eppelein: »Für mich ist es das größte Glück auf Erden, auf dem Rücken meines Pferdes sitzen zu dürfen. Lasst mich also noch einmal auf meinem Schimmel reiten ehe ich den Weg in die Hölle antrete!«

Zunächst waren sich die Ratsherrn nicht einig, ob man diesen letzten Wunsch erfüllen sollte, denn schon so oft hatte er ihnen einen üblen Streich gespielt, doch letztlich entschieden sich die hohen Herren dafür, ihm dies zu gewähren. Was sollte denn geschehen, wenn er einige Schritte im Burghof umherritt, zumal dann, wenn der Platz von Landsknechten bewacht wurde.

Als dann der Morgen graute, läutete man die Totenglocke. Eppelein wurde in den Hof geführt, wo bereits sein treues Pferd stand. Der Henker nahm ihm sogar die Fesseln ab, denn niemand sollte so in die Hölle fahren, auch Eppelein nicht, der sich auf seinen Hengst schwang und langsam im Kreis um den Galgen herumritt. Alle schauten gespannt auf den Nürnberger Erzfeind, niemand konnte sich vorstellen, dass etwas passieren könnte, denn die Landsknechte hatten - schwer bewaffnet - einen dichten Kreis geschlossen. Nur an die Mauer hatte man nicht gedacht, schließlich fiel dort das Gelände fünfzig Meter steil in die Tiefe ab.

Doch Eppelein hatte aus den Augenwinkeln heraus gesehen, dass das Mauerstück unbewacht war. Hierin sah er seine letzte Chance. Sterben mußte er allemal! Warum nicht bei einem kühnen Sprung in die Tiefe?

So zog er immer größere Kreise, duckte sich urplötzlich auf dem Pferderücken, gab dem Ross die Sporen, dass dieses sich aufbäumte und schnell über die Mauer hinwegflog.

Verdutzt beobachteten die Nürnberger Ratsherrn und alle anderen dort oben im Burghof versammelten Männer den Riesensatz des Ritters. Niemand hätte sich soviel Waghalsigkeit vorstellen können.

Im Burggraben kam Eppeleins Pferd im weichen Sumpfboden auf, knickte ein, warf seinen Reiter ab, rappelte sich aber gleich wieder auf und war unverletzt, so dass Eppelein auf seinen Rücken springen und davonfliegen konnte.

Er blickte nach oben, wo sich alle schlauen Nürnberger an der Burgmauer drängten und zu ihm hinunterstarrten. Einige warfen Speere und schossen Pfeile auf den Ritter, doch der blieb unversehrt und ritt höhnisch lachend davon.

Den Abdruck des Pferdehufes kann man heute noch in der Burgmauer erkennen.

Wer andern eine Grube gräbt ...

Immer wieder hatten die Nürnberger Kaufleute unter den Rittern der Umgebung zu leiden. Diese tauchten plötzlich in den Dörfern rund um die Reichsstadt auf, plünderten und brannten sie nieder. Sie überfielen auch Kaufmannszüge, die mit schwer beladenen Wagen durch ihr Gebiet zogen.

Einer von diesen Rittern war Thomas von Absberg, der im Süden von Nürnberg sein Unwesen trieb. Nur mit schwerster Bewaffnung wagten es die Kaufleute noch, durch sein Revier zu ziehen. In der Reichsstadt erzählte man sich schauerliche Geschichten über ihn, und jeder hatte furchtbare Angst vor ihm.

Bis Wendelstein waren eines Abends vier Nürnberger Kaufleute gekommen. Sie hätten nur noch eine halbe Tagesreise vor sich gehabt, doch sie wagten es nicht in der Nacht weiter zu ziehen, denn sie fürchteten sich vor den Spießgesellen des Absbergers. Außerdem waren sie todmüde, durstig und ungeheuer hungrig. So machten sie vor einem Wendelsteiner Wirtshaus halt und kehrten dort ein. Erst am nächsten Morgen, bei Tageslicht eben, wollten sie die letzte Wegstrecke noch zurücklegen.

Der Wirt führte sie in ein separates Zimmer im Obergeschoss, denn niemand sollte bemerken, dass sie hier im Wirtshaus die Nacht zubringen wollten. Geschäftig lief der Wirt hin und her und brachte ihnen Wein und Essen. Die Kaufleute hatten ihn gebeten, ja nichts von ihrer Anwesenheit zu erzählen. Hoch und heilig hatte der Wirt versprochen, nichts darüber zu sagen.

Es dauerte aber gar nicht lange, bis Thomas von Absberg mit einer Gefolgschaft im Wendelsteiner Wirtshaus auftauchte. Der Wirt gab auch den Rittern zu essen und zu trinken. Dann nahm er den Ritter etwas zur Seite und erzählte ihm von den vier »Pfeffersäcken« aus Nürnberg, die nur darauf warteten, von ihm ausgenommen zu werden. Sie wären sicher eine reiche Beute, denn sie kämen von weit her. Und einen Teil der Beute könnten sie ihm doch für diesen Hinweis überlassen.

Thomas von Absberg zögerte nicht lange, ließ sich vom Wirt ins Obergeschoss führen und wies ihn an, einen festen Strick und einen eisernen Haken zu bringen.

Die armen Kaufleute erschraken zu Tode, als sie die Worte des Ritters hörten. Fast automatisch griff jeder von ihnen mit der Hand zum Hals, denn was konnte dieser Befehl des Ritters anderes bedeuten, als dass sie in wenigen Minuten an der Decke baumeln würden.

Der Wirt eilte davon, um Strick und Haken zu holen. Sogleich begann das Lamentieren der Kaufleute: »Schenkt uns wenigstens das Leben«, jammerten sie. »Wir alle haben Frau und Kinder zu Hause, die uns dringend brauchen. Wir sind auch bereit, euch unsere Waren zu überlassen und noch ein saftiges Lösegeld zu bezahlen. Wenn ihr uns wenigstens am Leben lasst!«. Damit wollten sie den Absberger von seinem Vorhaben abbringen, doch der sagte kein einziges Wort, sondern wartete ganz ruhig auf den Wirt.

Als dieser den Raum betrat, befahl ihm Thomas von Absberg in ziemlich schroffem Ton, den Haken in einen der Deckenbalken zu schrauben. Der Wirt machte auch gleich noch den Strick daran fest, stand er doch schon einmal auf dem Tisch. »Der Haken ist fest. Auch der Strick sitzt«, sagte der Wirt triumphierend und betrachtete voller Zufriedenheit sein Werk.

»Das werden wir gleich ausprobieren«, zischte der Ritter, packte den Wirt mit seinen starken Armen und legte ihm blitzschnell den Strick um den Hals. Der Absberger war so groß gewachsen, dass er dazu auf keinen Stuhl oder Tisch steigen musste. Den Tisch, auf dem der Wirt stand, riss er mit einem schnellen Ruck weg. Im Nu baumelte der Wirt an der Decke und war bald tot.

Die Nürnberger, die eigentlich dieses Schicksal erwartet hatten, waren voller Schreck auf die Seite gesprungen. Sie waren vollkommen überrascht von der blitzartigen Aktion des Ritters, der ganz ruhig sagte: »Der Wirt, dieses hinterhältige Schwein, hat euch verraten, weil er sich bereichern wollte. Aber mit einem solchen Schuft mache ich keine Geschäfte. Ich bin Thomas von Absberg, der stolze Ritter! Erzählt von mir in Nürnberg, denn ich bin besser als mein Ruf!«

Mit diesen Worten war er verschwunden. Die noch immer regungslosen und bleichen Kaufleute hörten seine Schritte auf der Treppe und bald auch die Hufe seines Pferdes und die seiner Gefolgschaft. Es dauerte noch eine ganze Weile, bis sie sich wieder ganz in der Gewalt hatten, ihre Sachen packen und die letzte Wegstrecke nach Nürnberg zurücklegen konnten.

Die Messe der Toten

Klara Imhoff wurde früh Witwe und trauerte sehr um ihren verstorbenen Mann. Jeden Tag besuchte sie die Frühmesse in der nahen Lorenzkirche und suchte dort Trost. Immer saß sie im gleichen Kirchenstuhl an dem ihr angestammten Platz.

An einem Allerseelentag, also am 2. November, erwachte sie, nachdem sie etwas Schreckliches geträumt hatte. Noch im Halbschlaf glaubte sie, die Glocken von St. Lorenz zu hören. Der Mond schien so hell, dass sie meinte, der Morgen würde schon heraufdämmern. Schnell kleidete sie sich an und eilte zur Kirche. Schließlich war sie immer die erste im Gottesdienst!

Doch an diesem Tag war sie offensichtlich zu spät dran. Der Priester stand schon am Altar und wandte ihr den Rücken zu. Er zelebrierte bereits die Messe. Klara Imhoff ging leise auf ihren Platz zu und setzte sich. Die Stimme des Geistlichen klang außergewöhnlich und fremd. Als dieser sich zu den Gläubigen umdrehte, und Klara ihm ins Gesicht schauen konnte, bekam sie einen Schreck: Unglaublich! Das war doch der Priester, den man vor einigen Monaten auf dem Kirchhof begraben hatte! Als sie um sich blickte, sah sie, dass in den Kirchenstühlen nur solche Personen saßen, die schon längst nicht mehr lebten. Manche von ihnen hatte man schon vor Jahren zu Grabe getragen!

Als sie sich halbwegs wieder gefangen hatte, kam eine ehemalige Jugendfreundin auf sie zu. Auch sie hatte sie

erst vor wenigen Wochen auf ihrem letzten Gang begleitet! Sie flüsterte ihr zu: »Klara, verlasse so schnell du kannst die Kirche. Du hast nämlich die Messe der Toten gestört. Ihre Seelen sind unruhig geworden und sie werden dich töten.«

Ohne nachzudenken, sprang Klara auf und rannte wie besessen zur Tür. Sie wagte sich nicht mehr umzudrehen, denn sie hatte das Gefühl, alle würden ihr folgen und sie zu fassen versuchen. Nur mit Mühe gelangte Klara zum Ausgang. Es gelang ihr, den Kirchhof zu durchqueren, über die Straße zu hasten und ihre Haustür zu erreichen. Erst dort wurde ihr bewusst, dass alle Gräber auf dem Lorenzer Kichhof geöffnet waren! Es war Schlag 1 Uhr, als sie auf ihrer Türschwelle zusammenbrach.

Erst am Morgen fand sie dort ein Diener. Als Klara wieder einigermaßen denken konnte, erinnerte sie sich an ihren Mantel, den sie zum Kirchgang getragen hatte. Er war verschwunden. Daher schickte sie einen Diener zur Kirche hinüber, um ihn zu holen.

Als dieser zurückkehrte, berichtete er, dass er keinen Mantel mehr gefunden hätte. Der Diener war bleich und konnte nur undeutlich stammeln: »Auf jedem der Gräber lag ein Fetzen Stoff, der von Eurem Mantel stammt.«

Klara Imhoff wurde schwer krank, und es dauerte lange, bis sie sich wieder einigermaßen von ihrem Erlebnis in der Lorenzkirche erholt hatte. Sie wurde immer stiller und verließ schließlich das Haus der Imhoffs, um ins Kloster der Klarissinnen zu gehen und dort den Rest ihres Lebens zu verbringen.

Der Blutpokal

Ganz in der Nähe der Lorenzkirche hatten die Imhoff ein stattliches Haus. Eines Abends fand wieder einmal eine große Gesellschaft statt, zu der Familienmitglieder des weit verzweigten Nürnberger Geschlechtes und andere Patrizier eingeladen waren.

In jener Zeit besaßen die reichen Leute viel silbernes Geschirr und goldene Trinkgefäße. All das wurde natürlich bei einer solchen Feier aus den Vitrinen geholt, damit die Gäste sahen, was man hatte.

Bis weit in den Morgen hinein dauerte das Gelage. Endlich verabschiedete sich der letzte Gast, und auch Herr Imhoff ging zu Bett. Nur einer hatte keine Ruhe: Veit, der alte Diener, musste aufräumen, und vor allem das silberne und goldene Geschirr an seinen Platz räumen.

Als alles gereinigt und auf seinem angestammten Platz war, bekam Veit einen Schreck: Der goldene Wappenpokal der Imhoffs, das wertvollste Stück, fehlte! Wieder und wieder durchsuchte er das Haus, doch alle Mühe schien vergeblich. Der Goldpokal war nicht aufzutreiben.

Veit war todmüde, und so tröstete er sich mit den Worten: »Mein Herr wird ihn selbst in seine Stube mitgenommen und dort irgendwo aufbewahrt haben.« Er ging zu Bett, machte aber kein Auge zu, denn unablässig musste er an den Pokal denken und an die furchtbare Aussicht, seinem Herrn den Verlust gestehen zu müssen.

Dieser hatte noch gegen Mittag, als er sich endlich von seinem Lager erhob, einen so schweren Kopf von dem vielen süßen Wein, dass seine Laune schon vor Veits Geständnis miserabel war. Als dieser auch noch davon berichtete, dass sich das Familienstück nach stundenlanger Suche nicht mehr auffinden ließe, wurde Imhoffs Stimmung noch schlechter. Er schrie Veit an: »Spute dich und schaffe so schnell wie möglich den Pokal herbei.« Mit wutverzerrtem Gesicht fügte er hinzu: »Du bist für das Geschirr und für die Trinkpokale verantwortlich. Nur du allein! Solltest du den Becher bis zum Abend nicht finden, werde ich Anzeige erstatten. Dann wirst du erleben, wie der Rat mit einem schändlichen Dieb verfährt!«

Veit war todunglücklich. Er konnte sich daran erinnern, dass er den Goldpokal, der den ganzen Abend vor Imhoff stand, immer wieder aufgefüllt hatte. Er durchsuchte noch einmal jeden Winkel des Hauses, schaute hinter Vorhänge und unter Decken, doch der Pokal blieb verschwunden. Es war wie verhext. Veit war vollkommen verzweifelt.

Als es Abend wurde, rief ihn sein Herr zu sich. Doch Veit musste wieder berichten, dass er nichts gefunden hätte.

Imhoff eilte zum Rat, erstattete Anzeige, der Stadtbüttel holte Veit sogleich ab und warf ihn ins Lochgefängnis. Am nächsten Morgen beteuerte der Diener auch vor den Richtern seine Unschuld, doch einem einfachen Mann glaubten sie weniger als einem Patrizier.

Um die »Wahrheit« aus seinem eigenen Mund zu hören, führten sie Veit in die Folterkammer. Standhaft ertrug er anfangs die ungeheueren Qualen der Folter. Als

jedoch die Gehilfen des Henkers das »peinliche Verhör«, wie man die Befragung des armen Sünders unter Anziehen der Daumenschrauben, bis die Hände blau werden und das Blut aus den Fingerspitzen quillt, oder unter Strecken des Körpers bezeichnete, konnte auch Veit nicht mehr anders: Um die unerträglichen Schmerzen zu beenden, gab er schließlich den »Diebstahl« zu, obwohl er ja vollkommen unschuldig war. Das Urteil des Rates: »Tod durch den Strang«.

Bevor sich Veit in sein Schicksal fügte und am Galgen starb, beteuerte er noch einmal seine Unschuld und widerrief sein Geständnis. Doch es war zu spät, der Stab war über ihn gebrochen, das Urteil wurde vollstreckt.

Als Imhoff nach einigen Wochen in seinem Sekretär nach wichtigen Papieren suchte, wurde er plötzlich blass: In einer Schublade stand der Goldpokal. Allerdings nicht mit Wein gefüllt. Er war voller Blut! Bis zum Rand! Imhoff bekam Gewissensbisse und meldete den Fund auf dem Rathaus.

In der darauffolgenden Nacht passierte etwas Ungewöhnliches: Ein ganz seltsamer Zug bewegte sich auf das Imhoff'sche Anwesen zu: An der Spitze marschierte der Henker. Seine Gehilfen gingen schweigend hinter ihm durch die schwach beleuchteten Gassen. Wer aus dem Fenster lugte, wird ganz schnell zurückgeschreckt sein, denn die Männer hatten Kapuzen über ihren Kopf gestülpt. Es war unheimlich! Als der Zug an Imhoffs Haus angekommen war, zog der Henker sein Richtschwert, nahm ein Stück Strick und nagelte es an die Tür – ein

Zeichen, dass nach Meinung des Henkers und seiner Gehilfen Imhoff ebenfalls den Tod verdient hätte. Doch einen Patrizier hängt man nicht so leicht wie einen einfachen Diener!

Als Zeichen der Reue ließ Imhoff die Gebeine des unschuldigen Veit ausgraben und in Silber fassen. Dann stiftete er in der Lorenzkirche einen Seitenaltar, wo die Gebeine Veits ihre letzte Ruhe fanden. Den Goldpokal stellten sie dazu.

Der wertvolle Becher ist heute jedoch verschwunden. Niemand weiß, wie!

Der eingemauerte Mönch

Im Mittelalter kannte man grausame und höchst unmenschliche Strafen, zum Beispiel das Einmauern bei lebendigem Leib. Hatten ein Geistlicher, ein Mönch oder eine Nonne gegen Kirchengesetze verstoßen, wurde diese harte Strafe verhängt.

Meist wählte man eine Nische in der Kirche oder im Kloster, mauerte diese auf, steckte den armen Sünder dort hinein und verschloss den Rest der Mauer. Entweder das Opfer erstickte oder es verhungerte. Auf jeden Fall erlitt es einen schrecklichen Tod.

Mitte des 13. Jahrhunderts vollzog man diese Strafe auch in der Lorenzkirche an einem Mönch. In der Vorhalle im Südwesten des Gotteshauses, dort wo die Glockenseile in einem dunklen Eck herabhingen, zog man eine

Mauer hoch und schloss das arme Mönchlein ein. Es ist allerdings nicht überliefert, aus welchem Grund er zu diesem grausamen Tod verurteilt worden war.

Tag für Tag putzte die Magd des Kirchendieners die Kirchenräume. Sie war eine recht gewissenhafte Frau, die sich jeden einzelnen Winkel vornahm. So kam sie auch in den düsteren Vorraum, wo sie in der Ecke ihren Besen und ihre Putzeimer versteckte, damit sie diese nicht jeden Tag in die Kirche mitschleppen musste.

Doch ihr Versteck gab es nicht mehr, eine frisch hochgezogene Mauer verschloss die Nische. Neugierig wie sie nun einmal war, klopfte sie mit dem Besenstiel an die Mauer, deren Mörtel noch frisch und nass war. Plötzlich löste sich ein Stein. Als sie sich das Loch genauer anschaute, hörte sie ein Jammern und Stöhnen. Sie konnte sich nicht erklären, wo dieses herkam, schließlich war sie doch alleine in der Kirche, doch als sie ihr Ohr an das Mauerloch legte, hörte sie deutlich die Hilferufe eines Menschen im Innern der Nische. Sie löste einen weiteren Stein und wechselte einige Worte mit dem Mönch.

Sie hatte großes Mitleid mit ihm. Doch wie sollte sie ihm helfen? Sie konnte sich doch nicht einfach über das Urteil der hohen Geistlichkeit hinwegsetzen und den armen Kerl aus seinem Gefängnis befreien. Deshalb beschloss sie, ihn wenigstens am Leben zu halten und ihm Wasser und Essen zu bringen. Das schaffte sie heimlich in die Kirche und schob es ihm durch das Loch zu.

Doch das ging nur einige Tage gut. Als ein Mann, der die Glocken läutete, eine Ratte beobachtete, die aus dem

Mauerloch schlich und ein Stück Wurst im Maul hatte, wurde er stutzig. Er meldete sofort seine Beobachtung.

Die Kirchenoberen von St. Lorenz beschlossen, die Mauer ein Stück einzureißen und nachzusehen, was dort im Innern los war.

Sie fanden den Mönch, bleich und abgemagert. Aus leeren Augen starrte er sie an und war nicht in der Lage zu sprechen. Doch nach einiger Zeit erholte er sich wieder.

Man brachte ihn erneut vor seine kirchlichen Richter, die sich wegen der wundersamen Rettung gnädig zeigten und ihm das Leben schenkten. Allerdings verbannten sie ihn aus dem Nürnberger Stadtgebiet, wo er sich nie wieder blicken lassen durfte. Auch der Magd wurde verziehen, obwohl sie in die Rechtsprechung der hohen Geistlichkeit eingegriffen hatte.

Die ungläubige Wäscherin

Einst zog eine Frau aus Markt Erlbach nach Nürnberg. Sie wohnte auf der Insel Schütt und wusch für die Leute in der Nachbarschaft die Wäsche. Sie war eine fleißige, aber eigenwillige Person, die sich recht wenig um andere Menschen kümmerte.

Als Papst Martin V. am 26. März 1424 endlich Sebald heilig gesprochen hatte, bestimmte er den 16. August zum jährlichen Gedenktag für den Heiligen. Dieser wurde seit jener Zeit in Nürnberg auch immer feierlich begangen: Der Sarg, der aus Silber gefertigt war, wurde von den Mitgliedern des ehrwürdigen Nürnberger Rates durch die Straßen der Stadt getragen. Ein riesiger Zug folgte den Beamten, Priestern und sonstigen städtischen Würdenträgern. Die Menschen sangen, beteten und dankten für all die Wohltaten, die ihnen der Heilige erwiesen hatte. Kein Nürnberger durfte an diesem Tag eine Arbeit verrichten. Alle Läden und Werkstätten hatten geschlossen, jeder hatte sein Festkleid angelegt.

Die Frau aus Markt Erlbach indes wusste von diesen Feierlichkeiten und Vorschriften nichts. So schürte sie wie an jedem Tag ihren Waschkessel an und weichte die Schmutzwäsche ein.

Als die Leute in ihrer festlichen Kleidung sahen, dass es aus dem Schlot ihrer Waschküche rauchte und dass sie in Arbeitskleidern herumarbeitete, klopften sie ans Fenster und eine Nachbarin rief ihr zu: »Was fällt euch ein? Heute ist doch Sebaldstag. Da darf niemand arbeiten! Zieht euch nicht den Zorn des Heiligen zu!«

Die Wäscherin wurde zornig, öffnete das Fenster und schrie hinaus: »Lasst mich in Frieden, ihr Faulpelze. Meinetwegen lungert ihr den ganzen Tag herum. Mir ist das egal! Mich kümmert euer Heiliger einen Dreck!«

Die Wäscherin arbeitete noch den ganzen Vormittag, ging hinaus auf den Anger, spannte ihr Seil und hängte ihre Wäsche auf.

Plötzlich wurde es vor ihren Augen immer düsterer, obwohl die Sonne hoch am Himmel stand. Bald konnte sie die Wäsche auf dem Seil nicht mehr erkennen. Die Häuser und Bäume um sie herum schwanden. Nur noch schemenhaft nahm sie alles wahr, und bald war sie von finsterer Nacht umgeben.

Mühsam suchte sie ihren Korb und tastete sich nach Hause. Sie konnte sich nicht erklären, warum sie plötzlich nichts mehr sehen konnte. Die Nachbarin, die ihr am Morgen auch geraten hatte, die Arbeit einzustellen und den Tag des Heiligen zu ehren, klärte sie auf: »Du hast den heiligen Sebald erzürnt, weil du an seinem Tag gearbeitet hast. Jetzt hat er dich dafür bestraft.«

Laut weinend stand die Wäscherin an ihrer Tür und schluchzte stundenlang vor sich hin. Da hörte sie von weitem Musik.

Die Prozession mit dem Sarg des Heiligen kam über den Platz vom Heilig Geist Spital daher, am Schandturm vorbei, direkt auf die Insel Schütt zu. Nur noch hören konnte die Wäscherin die Menge, denn sehen konnte sie überhaupt nichts mehr.

Da ging sie – von der Nachbarin geführt – auf die Prozession zu, verneigte sich vor dem Sarg des Heiligen und bat mit herzzerreißender Stimme: »Heiliger Sebald, vergib mir meine Sünde. Ich werde in Zukunft deinen Tag ehren, ich werde keine Arbeit mehr anfassen!« Dabei bückte sie sich ganz nach unten. Die Leute schoben sie unter dem Sarg hindurch, bis sie auf der anderen Straßenseite war.

Als sie dort den Kopf hob, war plötzlich alles wieder hell und sie konnte sehen wie zuvor. Sie sah den silbernen Sarg in der Abendsonne glänzen und nahm deutlich wahr, wie die frommen Leute andächtig hinter ihm herzogen. Auch die Nachbarin auf der anderen Straßenseite konnte sie wieder erkennen.

Nie wieder würde sie ein Verbot eines Heiligen missachten. Dieser Tag war ihr eine Warnung für das ganze Leben!

Die Strafe des Teufels

Gegenüber der Lorenzkirche stand einst das Lorenzer Schulhaus. Meist spielten die Jungen und Mädchen vor dem Unterricht oder in den Pausen auf der breiten Treppe. Oft trafen sie sich auch nach dem Unterricht, um auf der Straße zwischen dem Gotteshaus und dem Schulhaus zu schussern. Dort hatten sie Platz, und es beschwerte sich auch niemand, wenn sie sich stritten. Vor allem dann, wenn es um die wertvollen, großen Glasschusser ging, passte man ganz genau auf, dass ja keiner schummelte.

Einmal trafen sich einige Buben gleich nach dem Unterricht. Sie hatten noch Buch und Schiefertafel unter dem Arm. Sofort zogen sie die Schusser aus den Taschen und begannen mit dem Spiel.

Einer von ihnen war ein schrecklicher Kerl, der immer gleich losbrüllte und alle anderen für dumm verkaufte. Wo es nur ging, gab er den Schussern der Konkurrenten noch einen kleinen Stoß oder stupste seine heimlich nä-

her zum Loch. Es machte ihm so richtig Spaß, seine Mitspieler zu betrügen. Wenn etwas nicht gleich nach seinem Kopf ging, schrie er die anderen Kinder an und wurde furchtbar ausfallend.

Als ihn seine Spielkameraden an diesem Tag bei seinen Betrügereien ertappten, ihm das auch vorhielten, wurde er zornig, brauste mit hochrotem Kopf auf und fluchte: »Ich habe überhaupt nichts gemacht, ich habe euch nicht betrogen. Der Teufel soll mich holen, wenn das nicht stimmt.«

Kaum hatte er mit seinem Fluch geendet, hörten die Buben ein Zischen und Brausen in der Luft, das immer stärker wurde. Sie duckten sich automatisch, einige von ihnen warfen sich sogar auf den Boden. Auch der Junge, der den Fluch ausgestoßen hatte, zog den Kopf ein, doch es half ihm nichts, denn der, den er gerufen hatte, packte den frechen Kerl am Hals und schleppte ihn durch die Luft davon. Sein Buch und seine Schiefertafel, die er noch immer unter seinem Arm hielt, fielen zu Boden. Der Junge wurde jedoch nie mehr gesehen. Der Teufel hatte ihn tatsächlich geholt!

Die Strafe Gottes

Als die Lorenzkirche so weit gediehen war, dass auch der Bau der Türme endlich an der Reihe war, bewarben sich drei Baumeister um den Auftrag. Zwei von ihnen waren ganz schöne Halunken, schwärzten sie doch ihren dritten Mitbewerber so sehr an, dass der leer ausging und sie mit den Bauarbeiten beauftragt wurden, die ihnen viel Geld einbrachten.

Aber auch sie konnten sich bald nicht mehr einigen und gerieten – wen wundert es bei so viel Boshaftigkeit – in Streit. Anstatt gemeinsam diesen Riesenauftrag zu Ende zu führen, bekriegten sie sich wo es nur ging. Sie belauerten sich ständig und gönnten einander bald überhaupt nichts mehr.

Trotz aller Querelen war der Bau vorangeschritten. Die Türme waren weit über das Kirchenschiff hinausgewachsen.

Eines Tages trafen die beiden Streithähne in luftiger Höhe zusammen. Einer von ihnen beugte sich gerade aus dem obersten Fenster des Nordturms, als der andere die Treppe hochkam. Als er dies sah, blickte er sich kurz um, und als er festgestellt hatte, dass niemand in der Nähe war, gab er dem anderen Baumeister einen Tritt. Dieser drehte sich mit weit aufgerissenen Augen um, erwischte seinen Todfeind am Kittel und riss ihn mit in die Tiefe. Beide knallten auf das Pflaster und waren auf der Stelle tot.

Genau in diesem Augenblick kam der dritte Baumeister, den die anderen so übel verleumdet hatten, an der Lorenzkirche vorbei. Er meldete den Vorfall sogleich beim Rat der Stadt. Nach einigen Nachforschungen durch die Ratsherrn und nach einem klärenden Gespräch kamen die üblen Machenschaften der beiden toten Baumeister

ans Tageslicht. Natürlich übertrug dann der Rat den Weiterbau der Kirchtürme dem ehrlichen Mann.

Eigentlich hatte er auch noch den Auftrag bekommen, irgendein sichtbares Zeichen dieses Gottesurteils am Nordturm anzubringen, doch irgendwas sträubte sich in ihm, diese üblen Bosheiten auch noch zu verewigen. Er ließ sogar das Fenster, aus dem die beiden Baumeister in den Tod gestürzt waren, zumauern, damit alle Spuren dieses Verbrechens beseitigt waren.

Dennoch erzählte man die Geschichte weiter, damit auch nachfolgende Generationen immer wieder an die Folgen dieses derart üblen menschlichen Verhaltens erinnert werden.

Die Gründung des Heilig-Geist-Spitals

Da Konrad aus der Familie der Heinzen ein stattlicher Mann war, der alle um einen Kopf überragte, erhielt er den Beinamen Groß. Hinter seinem Rücken tuschelte man jedoch immer wieder über ihn und nannte ihn abfällig den »Grindigen Heinz«, weil er unter einem ganz schlimmen Hautausschlag litt, der ihm schwer zu schaffen machte. Fast alle Menschen gingen ihm aus dem Weg, sogar Bekannte und einstige Freunde mieden ihn. Niemand konnte ihm helfen, kein Arzt wusste Rat, fast alle, denen er begegnete, verspotteten ihn oder wollten überhaupt nichts mit ihm zu tun haben, so dass er immer einsamer wurde.

Da er aber einer alteingesessenen Familie angehörte, besaß er einen wunderschönen Garten vor den Toren der Stadt, in den er sich immer öfter zurückzog, die Pflanzen pflegte und den Vögeln zuhörte.
Als er eines Tages wieder einmal in der wärmenden Sonne saß, schlief er ein. Er hatte einen wundervollen Traum, sah sich dabei durch den Garten spazieren und das Blütenmeer der Blumen genießen. Doch plötzlich machte er Halt, denn er hatte eine Eichentruhe in der Erde entdeckt. Er öffnete sie und staunte nicht schlecht über die Gold- und Silbermünzen. Ein wahrer Schatz!
Es packte ihn jedoch die Angst, er könnte aufwachen und den Platz der Truhe nicht mehr finden. So streifte er eine Handvoll Lindenblätter vom nahen Baum – es waren genau dreizehn Stück – und streute diese auf die Stelle, wo er die Truhe gesehen hatte.
Konrad erwachte aus seinem Traum, doch das Wesentliche war ihm im Gedächtnis geblieben. Er sprang auf, durchquerte den Garten und suchte nach der Stelle, wo er sich selbst im Traum hatte stehen sehen. Und tatsächlich: Er fand einen Haufen frischer Lindenblätter im Gras. Er holte einen Spaten und begann zu graben. Es dauerte auch nicht lange bis er auf die Holztruhe stieß. Er schaffte es kaum, sie aus dem Loch zu wuchten, so schwer war sie. Ungeduldig öffnete er den Deckel und war gar nicht mehr erstaunt, dass sie bis zum Rand voller Münzen war. Schließlich hatte er das ja schon einmal im Traum erlebt! Zu seinem bisherigen gediegenen Besitz war jetzt noch ein richtiger Schatz hinzugekommen.

Konrad Groß war aber nicht der Mann, der all dies für sich behalten wollte. Er selbst wusste am besten, was es bedeutete, wegen einer Krankheit gemieden und von der Gemeinschaft ausgeschlossen zu werden, so dass er für Kranke, Sieche und Alte viel übrig hatte. Deshalb kaufte er an der Pegnitz ein Grundstück und ließ darauf das Heilig-Geist-Spital errichten. Er nannte es so, weil er glaubte, der Heilige Geist hätte ihm im Traum die Stelle gezeigt, wo er die Schatztruhe fand.

Und wer gibt, dem wird auch gegeben. Eines Tages wurde eine alte Frau im Spital aufgenommen, die sich ihr ganzes Laben lang mit Heilkräutern beschäftigt hatte. Sie mixte aus allerlei Pflanzen und Fetten eine Salbe, mit der sich der Grindige Heinz mehrmals am Tag einreiben sollte. Schon nach wenigen Tagen heilten die schrecklichen Wunden ab und nach einigen Wochen hatte er eine reine und ganz zarte Haut.

Als der Kaiser von diesem Wunder erfuhr, verlieh er Konrad Groß das Recht, ein Wappen zu führen. Natürlich wählte dieser einen Lindenzweig mit dreizehn Blättern, wie man heute noch an verschiedenen Stellen sehen kann.

Pfeifer Niklas

Der Laurentiustag war ein ganz besonderer Tag. War nämlich an diesem 10. August der Sternenhimmel klar und hell, versprachen sich die Menschen eine gute Ernte. Kein Wunder also, dass an diesem Lostag ausgiebig gefeiert wurde.

So auch 1562, obwohl man in diesem Jahr eigentlich keinen Grund dazu gehabt hätte, denn das ganze Land war von einer furchtbaren Seuche heimgesucht worden: die Pest hatte schon Tausende hinweggerafft und überall im Land Not und Elend hinterlassen. Und dennoch wollten es sich die Menschen nicht nehmen lassen, auch den Laurentiustag dieses Jahres ausgelassen zu feiern.

Seiltänzer, Gaukler, Bärentreiber, Zirkusleute und vor allem Musikanten waren unterwegs in jenen Augusttagen, um sich in der freien Reichsstadt Nürnberg ein paar Heller zu verdienen. Einer von ihnen war Niklas, der es verstand, die Menschen mit seiner Musik auf dem Dudelsack zu begeistern.

Schon als Bub hatte ihn der Vater das Dudelsackpfeifen gelehrt. Mit ihm war er auch von Ort zu Ort gezogen. So war es ganz selbstverständlich, dass Niklas, sobald er den Dudelsack richtig halten und mit seinen Fingern die Pfeife bedienen konnte, das Handwerk vom Vater erlernte.

1562 war Niklas wieder unterwegs. Es war aber gar nicht so einfach, in diesen Pestzeiten in die Stadt Nürnberg hineinzukommen. Der Stadtrat hatte Vorkehrungen getroffen. Die waren auch dringend notwendig. Damals nämlich liefen Schweine, Hühner, Gänse und Enten durch die Gassen und hinterließen eine Menge Unrat. Ja, man scheute sich nicht einmal, Nachttöpfe einfach auf die Straße zu schütten. Auch Abfälle landeten in den Gassen. In Pestzeiten waren solche Verhältnisse natürlich besonders gefährlich, denn die Ratten, die Überträger des Pestflohs, gediehen unter solchen Umständen prächtig.

Wen wundert es also, dass die Stadtherrn Maßnahmen ergriffen: Immer wieder wurden die Einwohner aufgefordert, die Abfälle nicht auf die Straßen zu werfen und ihre Häuser sauber zu halten. Sogar strenge Gesundheitskontrollen wurden eingeführt. Wenn Fremde in die Stadt kamen, durften sie nicht in Privathäusern wohnen, sondern mussten in Wirtshäusern übernachten. Erlaubte ein Wirt einem Pestkranken, sein Haus zu betreten, machte er sich strafbar.

Obwohl der Juli und die ersten Augustwochen des Jahres 1562 heiß und schwül waren, gelang es dem Nürnberger Rat, durch diese Vorkehrungen die Seuche halbwegs in Schach zu halten. Natürlich starben immer wieder einzelne Menschen an dieser furchtbaren Krankheit, so dass der Pestkarren polternd durch die Straßen ratterte, doch wurden wenigstens nicht mehr ganze Straßenzüge von der Seuche dahingerafft, wie es in vergangenen Zeiten der Fall war.

Sollte aber wegen der Feierlichkeiten des Laurentiustages viele Fremde in die Stadt kommen, bestand die Gefahr, dass sich die Pest wieder ausbreiten könnte. Die

Stadtknechte wurden deshalb angewiesen, genaue Kontrollen an den tagsüber geöffneten Stadttoren durchzuführen und nur Händler, Kaufleute und die Bewohner der Reichsstadt passieren zu lassen. Sie hatten strikte Anweisungen, vor allem fahrendes Volk abzuweisen.

Niklas stand am Nachmittag des 9. August 1562 vor dem Haller Tor. Er war todmüde von der langen Wanderschaft durch Franken. Die Füße schmerzten ihn, die Kleider hingen ihm in Fetzen vom Leib. Er war hungrig und hatte vor allem einen riesigen Musikantendurst. Seinen letzten Heller hatte er dem Fuhrmann gegeben, der ihn ein Stück mitgenommen hatte.

Das Haller Tor stand weit offen als Niklas näher kam. Er trottete ganz langsam in Richtung Stadttor. Der Dudelsack, den er geschultert hatte, war immer schwerer geworden. Nur noch einige Meter, und er hatte die Stadt erreicht.

»Was willst du hier?« schrie ihn ein Stadtknecht an, der aus dem Schilderhäuschen heraustrat. »Aufspielen, was sonst!« antwortete Niklas mit matter Stimme und zeigte seinen Dudelsack. »In den Wirtshäusern Musik machen, wie jedes Jahr«, fügte er hinzu.

»Dieses Jahr nicht!« zischte knapp der Stadtknecht. »Der Rat hat es verboten, fahrendes Volk und Musikanten in die Stadt einzulassen. Kehr um!«

Der Torwächter, der inzwischen Verstärkung bekommen hatte, machte eine eindeutige Bewegung mit seinem Spieß. Niklas wusste: »Hier komme ich heute nicht hinein. Und wenn die Nürnberger das Haller Tor bewachen lassen, dann stehen ihre Bluthunde bestimmt auch an den anderen Stadttoren.«

Enttäuscht und niedergeschlagen machte er kehrt, ging ein Stück und setzte sich erschöpft im Schatten eines Busches in den Stadtgraben. Er konnte einfach nicht mehr, er musste sich ausruhen. Doch er brauchte dringend etwas Essbares, sein Magen knurrte schon hörbar. Die Kehle schien es ihm zuzuschnüren, so trocken fühlte sie sich an. Wenn er nur wenigstens einen Schluck Wasser gehabt hätte! »Ich muss einfach in die Stadt«! flüsterte er vor sich hin.

Eine ganze Reihe von Leuten zogen an ihm vorbei: Männer auf Pferden, Bauern mit Ochsenkarren, manche leer, andere schwer beladen, Kutschen mit geschlossenen Türen, Händler, die zweirädrige Karren vor sich herschoben, Frauen, die mit leeren Körben auf dem Rücken vom Markt kamen. Landsknechte zu Fuß und zu Pferd. Ackerbürger, die mit ihren Fuhrwerken in die Stadt zurückkehrten. Sie alle konnten unbehelligt das Tor passieren. Niklas hatte das Gefühl, die Stadtknechte kümmerten sich überhaupt nicht um all diese Leute. Nur ihn hatten sie nicht eingelassen.

Es war mittlerweile Abend geworden. Viel Zeit blieb nicht mehr. Wenn nämlich die Tore geschlossen wurden, gab es keine Möglichkeit mehr, nach Nürnberg hineinzuschlüpfen. Er aber musste hinein! Er wollte am Laurentiusfest spielen.

Schließlich kam ihm der Zufall zu Hilfe. Von weitem konnte er das Ochsengespann sehen, das in Richtung

Haller Tor fuhr. Eine riesige Staubwolke hüllte es ein. Als es näher kam und nur noch wenige Meter von ihm entfernt war, konnte er den Bauern, der vorne auf dem Wagen saß, hören: »Brrr, brrr, bleibt doch endlich stehen, ihr blöden Viecher!«

Offenbar pressierte es dem guten Mann gehörig. Denn kaum stand der Wagen, sprang er eilig herab und hetzte ins Gebüsch.

Niklas erkannte sofort seine Chance, doch noch in die Stadt zu gelangen. Ohne lange zu überlegen sprang er auf, rannte auf den Leiterwagen zu und kletterte hinauf. Hastig deckte er sich mit leeren Mehlsäcken zu und wartete auf die Weiterfahrt. Es dauerte auch gar nicht lange, bis sich das Fuhrwerk ächzend in Bewegung setzte.

Er hatte es geschafft! Er hörte, wie die eisenbeschlagenen Räder über das holprige Pflaster der Nürnberger Straßen ratterten. Als das Fuhrwerk anhielt, streckte er vorsichtig seinen Kopf aus den Säcken und schaute in die Runde. Die Straße war ziemlich belebt, die Menschen eilten geschäftig hin und her. In einem günstigen Augenblick schwang er sich vom Wagen und mischte sich unter die Menschenmenge.

Trotz strengster Anweisungen durch den Rat waren offensichtlich doch viele Fremde auf heimlichen Wegen in die Stadt gelangt. Auch sie hatte das Fest am Laurentiustag angezogen.

Nahe der Fleischbrücke kannte Niklas ein Wirtshaus, das »Weiße Lamm«. Oft hatte er dort mit seinem Vater gespielt. In diese Richtung lenkte er seine Schritte, schließlich hatte er mächtigen Hunger und einen Riesendurst.

Nachdem Niklas seinen ersten großen Hunger gestillt hatte und gerade mit der linken Hand nach dem Henkel des Bierkruges griff, sprach ihn ein hagerer Mann an, der ihm gegenübersaß: »Du kommst wohl von weit, Pfeifer?« Aber ohne Niklas zu Wort kommen zu lassen, fuhr er fort: »Wirst heut noch spielen?« Die Gespräche an den umliegenden Tischen verstummten, alle blickten auf Niklas, der seinen Krug wieder auf den Tisch zurücksetzte. »Wenn ihr wollt, und wenn es der Wirt erlaubt,« war seine kurze Antwort. Auch der Wirt hatte das Gespräch mitbekommen. »Ja was denn sonst, Pfeifer, dafür stärkst du dich doch. Nichts ist umsonst!«

Damit war alles gesagt. Niklas griff sofort nach seinem Dudelsack und wollte gerade zu spielen beginnen, als ein Mann die Wirtshaustür aufriss und mit lauter, aufgeregter Stimme schrie: »Der Pestwagen rollt durch die Straßen der Stadt. Der Schwarze Tod geht wieder um!«

Alle erstarrten. Als erster hatte sich der Hagere wieder in der Gewalt: »Was kümmert's uns!« rief er in die Runde. »Morgen ist Laurentiustag, jetzt wird gefeiert. Sterben können wir dann übermorgen!«

Noch immer waren die anderen in der Wirtshausstube stumm. »Los, Pfeifer, fang endlich an«, forderte ihn der Hagere auf. Auch der Wirt gab Niklas ein Zeichen, so dass er sich die Pfeife griff und zu spielen begann. Aber immer noch klangen ihm die Worte in den Ohren: »Der Schwarze Tod geht wieder um.«

Wenn es die anderen auch nicht merkten, aber an diesem Abend war sein Spiel nicht so wie sonst: frei und unbekümmert. Immer wieder kam ihm die Pest in den Sinn, standen ihm die grauenvolle Bilder vor Augen: Menschen, gekennzeichnet vom Pestgift, das sich schnell über den ganzen Körper ausbreitete. Männer, Frauen und Kinder mit Pestbeulen, mit gläsrigen, verschwollenen Augen, aus denen der sichere Tod schaute. Niklas war es immer, als ob er den Pestkarren durch die Straßen rollen hörte, geschoben von schwarz gekleideten Männern mit Tüchern vor dem Mund. Er bildete sich auch ein, die Glocke zu vernehmen, die ein Mann läutete, der vor dem Pestkarren herging.

Niklas versuchte, diese Bilder zu verscheuchen. Er konzentrierte sich auf sein Spiel, sah, wie die Gäste zu tanzen begannen, hörte, wie sie zu seinem Spiel sangen. Dadurch kam Leben in die Bude. Trotzdem machte es ihm keine Freude an diesem Abend vor Laurentius. Außerdem war er hundemüde. Die lange Wanderschaft hatte ihn schlapp gemacht, das schnell hineingetrunkene, starke, dunkle Bier hatte ein übriges getan.

So gegen Mitternacht konnte er einfach nicht mehr. Der Wirt sah es ihm an und rief: »Also Leute, Schluss für heute. Morgen ist Laurentius, erst morgen wird richtig gefeiert.«

Niklas war froh, endlich die müden Knochen ausstrekken zu können. Er nahm seinen Dudelsack, schlich in die Kammer, die ihm der Wirt angewiesen hatte und ließ sich auf den Strohsack fallen.

Auch am nächsten Morgen wurde Niklas das Gefühl nicht los, dass mit diesem 10. August, mit diesem Lostag, etwas nicht stimmte. Eine beklemmende, unheilvolle Stimmung lag über der Stadt.

Die Menschen in den Straßen gingen einen Schritt schneller und hielten meist den Blick gesenkt. Auch die Marktweiber auf dem Hauptmarkt waren nicht so laut wie sonst. Zwischen Rathaus und Schönem Brunnen begegneten ihm zwei Männer. An ihren prächtigen, pelzbesetzten Gewändern konnte er erkennen, dass es sich um Nürnberger Ratsherrn handelte. Sie hatten es offensichtlich sehr eilig und machten recht finstere Gesichter. Mit riesigen Schritten strebten sie dem Rathaus zu.

Gleich hinter dem Schönen Brunnen saß eine dicke, behäbige Marktfrau neben ihren Körben, die noch prall gefüllt waren mit Eiern, Gemüse und Feldfrüchten. Auch sie hatte die Eile der Ratsherrn bemerkt: »Heute pressiert es den hohen Herrn aber mächtig«, sagte sie zu Niklas, der gerade an ihr vorüberging. »Sieht ganz danach auch«, entgegnete Niklas. »Ist etwas Besonderes passiert?« fragte er die Frau, die breitbeinig auf ihrem Schemel thronte.

»Ja, weißt du denn nicht, dass die Pest wieder umgeht? In der Nacht sind mehr Leute gestorben als in den vergangenen Tagen und Wochen zusammen. Hast du den Pestkarren nicht gehört?« Sie schaute ihn verwundert an und fuhr fort zu erzählen, denn Niklas war stehengeblieben: »Noch als wir in der Dämmerung unseren Wagen durch die Straßen zogen, ratterte der Pestkarren durch die Stadt. Eine Menge Leichen lagen auf ihm. Ein schrecklicher Anblick!«

Niklas schauderte bei diesen Worten der Marktfrau. Wäre er doch nicht nach Nürnberg gekommen in diesen schlimmen Zeiten!

»Der Rat will alle Feierlichkeiten verbieten«, sagte die Frau. »Deshalb haben es die feinen Herrn auch so eilig, ins Rathaus zu kommen. Sie sind schon fast alle dort versammelt und beraten nun, wie sie die Feiern unterbinden können. Man sagt, sie wollen die Büttel durch die Stadt schicken. Alle Wirtshäuser sollen geschlossen werden. Das wird ein Festtag werden!«

Nur noch undeutlich drangen die letzten Worte an Niklas' Ohr. Fast automatisch lenkte er seine Schritte durch die Gassen der Stadt. »Da wird es wohl sowieso nichts mit dem Geldverdienen«, dachte er.

Als er zum Wirtshaus zurückgekehrt war, erzählte er dem Wirt von diesem Verbot. Der wurde fuchsteufelswild: »So, wollen sie verbieten«, waren die einzigen Worte, die er zornig hervorstieß. Einen hochroten Kopf hatte er bekommen. Drohend fuchtelte er mit dem Messer, das er gerade in der Hand hielt, in der Luft herum. »Denen werden wir schon helfen, die sollen sich nur blicken lassen! Und du, Pfeifer, du wirst spielen, was dein Dudelsack hergibt. Der ehrenwerte Rat wird uns den Festtag nicht verderben!« Immer noch schäumte er vor Wut. Schimpfend stürzte er davon.

Die Marktfrau sollte Recht behalten: Es dauerte nämlich nicht lange, bis die Stadtbüttel durch die Straßen gingen und an jeder Ecke lauthals den Beschluss des Rates verkündeten: »Zur Unterdrückung und notwendigen Vermeidung der Ausbreitung der tödlichen Pestseuche ordnen Wir, der ehrenbeste Rat der Stadt Nürnberg, Gott dem Herrn zu Lob und dem gemeinen Volk zum Nutzen für den heutigen Festtag des heiligen Laurentius des Jahres 1562 an: Um sechs Uhr abends werden die Stadttore geschlossen. Alles fahrende Volk hat unverzüglich die Mauern Nürnbergs zu verlassen. Alle nicht in der Stadt Ansässigen sind gehalten, die Tore rechtzeitig zu passieren. Sämtliche Gasthäuser sind zu schließen. Alle Feierlichkeiten, insbesondere das Tanzen in den Häusern und auf den Straßen, werden bei Strafe strengstens untersagt.«

Niklas wurde bleich, als er die Worte des Büttels hörte. Schnell hatte sich eine Traube von Menschen um den Stadtknecht gebildet. Alle waren erbost und drohten ihm mit den Fäusten. Der machte, dass er schnell weiterkam. Das Volk war aufgebracht. Den Laurentiustag wollte man sich nicht verderben lassen, auch nicht durch diese Anordnung des Rates.

Der Wirt des »Weißen Lammes« dachte genauso. Er schloss nicht die Tür seines Gasthauses, wie es durch den Rat angeordnet worden war. Im Gegenteil: Er forderte die Leute auf, ins Wirtshaus zu kommen: »Das erste Fass geht auf meine Rechnung!« lockte er die draußen Stehenden. Die ließen sich das nicht zweimal sagen. »Los, Pfeifer, fang an«, herrschte der Wirt den Musikanten an.

Bald dachte Niklas nicht mehr an die Gefahren der in Nürnberg wieder aufflammenden Seuche. Das Wirtshaus hatte sich gefüllt. Die Menschen lachten, sangen, tranken und aßen. So wie es sich eben für diesen bedeutenden Lostag gehörte! Und Niklas spielte aus voller Brust, zumal immer mehr Münzen in seinen Teller geworfen wurden. Einen Krug Bier nach dem anderen stellten ihm die Gäste hin.

Die Anordnung des Rates hatte keine Wirkung gezeigt. Im Gegenteil: Der Zorn, den man wegen des Verbotes auf die Obrigkeit hatte, war in eine ausgelassene Stimmung umgeschlagen. In sämtlichen Wirtshäusern ging es hoch her. Geigen- und Dudelsackmusik erfüllte die Stadt. Der Lärm wurde immer größer.

Als es dunkel wurde, fingen die Leute auch auf den Straßen zu tanzen an. Wild und zügellos wurde die Stimmung.

Mit sorgenvoller Miene hatten die Ratsherrn dieses Treiben beobachtet. Alle Stadtknechte wurden schließlich gerufen und angewiesen, dem Spektakel ein Ende zu machen, die Leute dazu zu bewegen, nach Hause zu gehen, mit dem Tanzen und Grölen aufzuhören, und die Wirtshäuser zu schließen. Verzweifelt stellten sich die Büttel den Nürnbergern in den Weg. So mancher von ihnen wurde niedergeschlagen oder auf die Seite geschleudert.

Niklas hatte sich mitreißen lassen von der rasenden Menschenmenge. Los ging's: vom »Weißen Lamm« trabten sie über den Hauptmarkt, umkreisten das Rathaus und strömten zurück zum Schönen Brunnen. Wie kleine Kinder fassten sie sich an den Händen, bildeten einen

Kreis und tanzten um den Brunnen herum wie um das goldene Kalb.

Noch nie hatte Niklas so etwas erlebt. Tosender Lärm durchhallte die Stadt. Überall brannten Fackeln, so dass es fast taghell war. Der Pfeifer schnaufte, war fast atemlos vom schnellen Laufen und Pfeifen.

Unter schallendem Gelächter ging es zurück zum Wirtshaus. Niklas wusste bald nicht mehr, wo ihm der Kopf stand. Schnell trank er dort einige kräftige Schluck Bier.

Es war mittlerweile schon weit nach Mitternacht. Im Kopf des Pfeifers begann sich plötzlich alles zu drehen. Der Wirt tauchte dreifach vor ihm auf, die Gäste in der Wirtsstube tanzten auf dem Kopf, die Holztische standen nicht mehr fest, sondern schwankten im Rhythmus der stampfenden Füße. Sein Dudelsack klang kläglich, denn häufig griff er jetzt daneben. Der Boden unter seinen Füßen schien nicht mehr fest zu sein. Niklas bebte und ihm war, als ob sich die Erde auftat und er in ihr versank.

Das waren die letzten Bilder, die durch seinen Kopf jagten. Dann wurden seine Knie weich, und er fiel in sich zusammen. Wie ein voller Mehlsack plumpste er auf den Boden. Nur seinen Dudelsack ließ er nicht los, den hielt er ganz fest an sich gedrückt. Seine Finger krallten sich im Leder fest.

Niklas war schließlich vor dem Wirtshaus gelandet. Niemand wusste, wie er vor die Tür gelangt war. Wie ein Toter lag er dort in seinen zerfetzten Kleidern, als der Morgen dämmerte.

So fanden ihn die Pestmänner neben anderen Leichen. Kein Wunder, dass auch Niklas auf dem Wagen landete. Dort erwachte er zunächst noch immer nicht aus seinem Tiefschlaf, der wie eine Ohnmacht gewesen sein musste. Noch wirkte der Alkohol, den er offensichtlich in großen Mengen in sich hineingeschüttet hatte.

Mehr und mehr Tote türmten sich auf dem Wagen. Kreuz und quer lagen sie auf Niklas. Der Geruch war schier unerträglich.

Durch die Stadt war es ein weiter Weg. Der Karren polterte über das Pflaster. Die Leute schreckten hoch, wenn dieser vorüberfuhr.

Auf dem Hauptmarkt bauten die Marktweiber ihre Obst- und Gemüsestände auf. Das Leben ging weiter, auch nach einer solchen Nacht. Die Bäuerinnen hielten in ihrer Arbeit inne, wichen erschreckt zurück und ließen die Pestkarren passieren. Manche murmelten ein Gebet.

Mittlerweile stand die Sonne wieder hoch am Himmel. Ganz langsam erwachte Niklas aus seinem Rausch. Es war wohl der unerträgliche Gestank, der ihn weckte. Als der Wagen über das holprige Pflaster des Hauptmarktes rollte, wurde er vollends aus dem Schlaf gerissen.

Er wusste zunächst nicht, wo er war, machte die Augen weit auf und starrte auf die Toten, die neben ihm, unter und über ihm lagen. Er riss den Mund auf, um zu schreien, aber kein Laut kam über seine Lippen. Die Kehle war wie zugeschnürt. Er hielt sich für tot. Genauso hatte er sich den Weg zur Hölle vorgestellt: so eng und stinkend!

Das Rattern der Eisenräder hämmerte in seinen Ohren. Auch seine Gedanken wurden wieder klarer. Er erinnerte sich an den vorangegangen Tag und an die Nacht. Jetzt wurde ihm seine Lage deutlich: »Ich bin auf dem Pestkarren! Schon die ganze Zeit liege ich mit den anderen Toten auf diesem Höllenwagen! Die sind mit mir auf dem Weg zum Gottesacker vor den Toren der Stadt, wo ich mit den anderen Toten eingescharrt werden soll!«

Da endlich erwachten seine Lebensgeister wieder: Er versuchte, den Körper zu strecken, die Arme auszubreiten, die über ihm liegenden Toten anzuheben. Aber vergebens. Er brüllte gegen den Lärm der Wagenräder. Es kam ihm zumindest so vor. Doch niemand hörte ihn. Er stieß mit den Beinen, aber die gehorchten ihm kaum, so steif und unbeweglich waren sie geworden. Der beißende Leichengeruch mobilisierte seine letzten Kräfte.

Und dann kam die Rettung. Mit seiner rechten Hand fühlte er den Dudelsack, den er immer noch unter den Arm geklemmt hatte. Fast automatisch griff er nach dem Mundstück der Pfeife und blies mit letzter Kraft hinein. Es klang kläglich, aber die Pestmänner hörten den klagenden Dudelsack.

Der Karren rollte noch immer über den Hauptmarkt. Verdutzt schauten sich die Pestmänner an. Weit und breit war kein Spielmann zu sehen, wohin sie auch schauten. Das Pfeifen musste vom Wagen kommen! Sie hielten den Karren an. Noch immer winselte der Dudelsack.

Die Marktweiber erstarrten bei diesen Tönen. Einige von ihnen fielen auf die Knie. Sie glaubten nämlich, der

Teufel hätte hier seine Hand im Spiel. Auch die abgebrühten Männer, die Nacht für Nacht den Pestkarren durch die Stadt schoben und immer den Tod vor Augen hatten, wurden bleich. Ihnen war ganz und gar nicht wohl in ihrer Haut. Sie wichen sogar einige Schritte von diesem unheimlichen Wagen zurück.

In der Nähe standen einige junge Burschen. Beherzt stiegen sie auf den Wagen und räumten - wenn auch mit Abscheu - die Toten beiseite. Dann sahen sie die weit aufgerissenen Augen des Pfeifers.

Sie hoben Niklas vom Wagen und staunten nicht schlecht. Noch immer umklammerte er krampfhaft seinen Dudelsack. Er konnte kaum stehen, so dass ihn zwei Burschen stützen mussten.

Plötzlich packte die Umstehenden wieder das Grauen. Einige stürzten davon, als ihnen bewusst wurde, dass es sich um den Pestkarren handelte. Eine Marktfrau stieß einen schrillen Schrei aus, hob einen Pflasterstein auf und warf ihn nach Niklas. Der verfehlte ihn zwar, aber es war das Zeichen auch für andere, Steine in die Hand zu nehmen und sie auf Niklas zu schleudern. Ein Stein traf ihn an der Stirn. Niklas zuckte zusammen, die Haut platzte auf, Blut rann über sein Gesicht. Ungläubig starrte er die Männer und Frauen an. Nicht einmal zu schreien vermochte er. Er wischte sich nur mit der linken Hand über das Gesicht, denn das Blut war ihm in die Augen gelaufen.

Wie auf ein Zeichen hin ließen alle die Steine fallen. Der arme Teufel tat ihnen leid. Sie ließen von ihm ab und gingen auseinander.

Die Pestmänner wandten sich wieder ihrem Geschäft zu und schoben den Karren weiter in Richtung Insel Schütt. Niklas sprang schnell dem Wagen hinterher. Er musste vollends den Verstand verloren haben! Wie ein Geißbock hüpfte er von der linken auf die rechte Straßenseite, von der rechten auf die linke. Den Dudelsack hielt er dabei noch immer im Arm, den ließ er nicht los. Bald fing er auch wieder zu spielen an.

Der Pestwagen, auf dem er einst mitten unter den Toten gelegen hatte, sollte sein Schicksal werden: von diesem Zeitpunkt an begleitete er nämlich das schreckliche Gefährt durch die Straßen Nürnbergs, wohin es auch fuhr, Tag und Nacht.

Er lief hinterher und dudelte unentwegt vor sich hin. Niemand und nichts konnte ihn davon abhalten: nicht der Hohn der Bürger, nicht das Gespött der Kinder.

Und allmählich gewöhnten sich die Nürnberger an dieses seltsame Schauspiel. Schon von weitem konnte man Niklas hören, wenn er hinter dem Wagen durch Nürnberg zog.

Mit den ersten Herbstfrösten war dann die Pest für dieses Jahr vorüber: der Spuk verschwand, der Karren rollte nicht mehr über das Pflaster. Und auch Niklas wurde von da an nicht mehr in der Stadt gesehen und gehört. Niemand hat jemals erfahren, ob er wieder aus seinem Wahn erwachte.

Der Nagel im Kopf

Im altehrwürdigen Friedhof zu St. Johannis gibt es einen Grabstein, den ein höchst seltsames Bild schmückt: Ein Totenkopf, dessen Unterkiefer beweglich ist und in dessen Schädeldecke ein Nagel steckt.

Vor vielen Jahren war ein sehr reicher und angesehener Mann gestorben, ohne ernsthaft krank gewesen zu sein. So wunderten sich manche über seinen plötzlichen Tod, und schnell machten Gerüchte die Runde.

Seine erheblich jüngere Frau ließ ihn mit allen gebotenen Ehren zu Grabe tragen, und Freunde und Verwandte bedauerten sie wegen dieses schweren Verlustes, zumal sie offenbar von großer Trauer erfüllt schien.

Doch dieser Seelenzustand war nicht von langer Dauer und offensichtlich auch nicht von sehr großer Tiefe, denn schon nach kurzer Zeit heiratete die Witwe einen jungen Mann, der auch schon zu Lebzeiten ihres verstorbenen Gatten immer wieder in ihrem Haus gesehen worden war.

Über zwanzig Jahre waren ins Land gegangen, und niemand in Nürnberg dachte mehr an diesen Todesfall.

Eines Tages wurde jedoch das Grab wieder geöffnet, um ein Familienmitglied dort zu beerdigen. Als die Totengräber auf den Schädel des vor mehr als zwanzig Jahren verstorbenen Mannes stießen, erstarrten sie vor Schreck: Der Totenkopf war vollkommen erhalten und der Unterkiefer bewegte sich laufend hin und her, als ob der Verstorbene etwas mitteilen wollte.

Natürlich dachten sie sofort an Geister oder Teufelswerk und stürzten in Panik davon. Doch einer von ihnen fasste sich ein Herz, stieg in die Grube hinab, untersuchte den Schädel genauer und stellte fest, dass die Bewegung des Unterkiefers eine ganz natürliche Ursache hatte: Zahlreiche Würmer, die sich unruhig im Schädel hin und her schlängelten, hielten den Kiefer in Bewegung.

Der Totengräber wollte den Schädel gerade wieder an seinen alten Platz zurücklegen, als er einen langen, rostigen Nagel entdeckte, der durch den Schädel geschlagen worden sein musste. Und dies war der Beweis, dass der reiche, angesehene Nürnberger Bürger vor mehr als zwanzig Jahren keines natürlichen Todes gestorben sein konnte, sondern ermordet worden war. Offenbar hatte man damals die Leiche nicht sehr genau untersucht, sonst hätte der Nagel – offensichtlich das Mordwerkzeug – entdeckt werden müssen.

Aufgeregt leitete man eine Untersuchung dieses seltsamen, lange zurückliegenden Falles ein, doch sie blieb ergebnislos, zumal die Ehefrau des Ermordeten längst an einen anderen Ort gezogen war, den in Nürnberg niemand kannte.

Die Bestie an der Bärenschanze

Als der Schwedenkönig Gustav Adolf im Dreißigjährigen Krieg in Nürnberg einzog, ließ er die Stadt mit einer Reihe von Schanzen umgeben. Die bekannteste ist wohl heute noch die Bärenschanze. Wochenlang arbeiteten die Soldaten und die Nürnberger Bürger gemeinsam an diesem Befestigungswall vor der eigentlichen Stadtmauer, während die feindlichen Truppen Wallensteins an der Alten Veste bei Zirndorf ihr Lager aufschlugen.

Die schwedischen Schanzen rund um die Reichsstadt wurden mit schweren Geschützen und starken Wachmannschaften ausgerüstet. Die Kanonen waren immer besetzt, und auch in der Nacht musste dort einer Wache halten. Der König persönlich hatte verfügt, dass jeder, der sich auf einer solchen Wache etwas zu Schulden kommen ließe, sofort mit dem Tod zu bestrafen sei.

Wenn die Wachen frei hatten, saßen sie natürlich am liebsten im Wirtshaus. So hatte sich eines Tages eine Gruppe zusammengefunden, in der man über die Heimat sprach. Der Artillerist Rinköping, ein junger, kräftiger Kerl, war besonders fröhlich, weil einer der neu angekommenen Soldaten herzliche Grüße von seiner Braut aus der Heimat mitbrachte. Sogar eine abgeschnittene Haarsträhne hatte das Mädchen mitgeschickt, worüber sich Rinköping besonders freute. Immer wieder und wieder tranken sie auf die Liebe und auf die Heimat.

So ist es nicht verwunderlich, dass der junge Artillerist bald ziemlich betrunken war, was für die Landsknechte natürllich nichts Außergewöhnliches war. Doch wenn man in der Nacht zwei Stunden Posten stehen muss, kann ein Rausch schlimme Folgen haben.

Die Nacht war kalt, die Zeit wurde ihm lang. Der Alkohol zeigte Wirkung. Natürlich versuchte er sich wach zu halten, ging mit langen, festen Schritten um das Geschütz herum oder schwang wie wild die Arme um den Körper. Doch er war allein, konnte sich also mit niemandem unterhalten und wurde müder und müder. Zuerst setzte er sich auf das Geschütz, dann legte er seinen Kopf auf das Rohr, und plötzlich war er eingeschlafen.

Sein Erwachen war bitter. Als die Ablösung um Mitternacht kam, fand diese ihn tief schlafend. Der ablösende Kanonier holte Hilfe. Im Nu war der unzuverlässige Artillerist gefesselt und wurde von Soldaten sogleich abtransportiert. Am nächsten Morgen stellte man ihn ohne jede Gnade an die Wand, und er starb im schwedischen Kugelhagel.

In der folgenden Nacht hielt ein Finne aus den Reihen des schwedischen Heeres Wache an Rinköpings Geschütz. Er war ein alter Haudegen, hatte sich in vielen Schlachten bewährt und galt als sehr mutig. Als seine Zeit fast um war und die Uhr Mitternacht schlug, schoss er plötzlich wie der Blitz davon und alarmierte die gesamte Wachmannschaft. Der Finne zitterte auch nach Minuten noch am ganzen Körper, konnte nur einige unzusammenhängende Sätze stammeln, war bleich im Gesicht und schien total durcheinander zu sein. Man führte ihn zum wachhabenden Offizier. Inzwischen hatte er sich ein wenig erholt und berichtete, noch immer mit nur stockenden Worten: »Schlag Mitternacht – ich erwartete garade meine Ablösung – sprang aus dem Dunkel der Nacht ein riesiger schwarzer Hund mit blitzenden, feurigen Augen auf mich zu. Auch Rinköping, der ein Kanonenrohr auf der

Schulter schleppte, rannte auf mich zu und drohte mir mit erhobener Faust.«

Die Soldaten und der Offizier schüttelten nur den Kopf, glaubten ihm kein Wort und führten ihn ins Gefängnis, weil auch er seinen Posten verlassen hatte. Befehl ist Befehl!

Für die darauffolgende Nacht suchte man einen Mann als Wache am Geschütz an der Bärenschanze aus, der weder Tod noch Teufel fürchtete. So jedenfalls wurde von ihm behauptet.

Schlag zwölf jedoch stürzte sich die schwarze Bestie auf ihn, und Rinköping drohte wieder mit erhobener Faust. Der tapfere Wachsoldat wollte es allen zeigen, zog seine Pistole und schoss auf den Hund. Der indes fing die Kugel mit dem Maul und apportierte sie. Der Schuss auf Rinköping hatte ebenfalls keine Wirkung gezeigt, denn dieser blieb vollkommen unversehrt, schnitt grässliche Grimassen und schrie Unverständliches mit einer Stimme, die einem das Blut in den Adern gefrieren ließ.

Natürlich verließ auch ihn der Mut, und er rannte so schnell er konnte auf und davon. Da auch er – wie es hieß – unerlaubt seinen Posten verließ, warf man ihn in den Kerker.

Schließlich wollte es der schwedische Offizier genau wissen. So ließ er die Wache für die nächste Nacht verstärken: Vier Mann und ein Korporal sollten den Posten auf der Bärenschanze übernehmen. Er selber wollte kurz vor Mitternacht dort auftauchen, um alles mit eigenen Augen zu beobachten.

Zum Entsetzen aller stand Rinköping Schlag zwölf Uhr mit erhobener Faust und geschulterter Kanone an dem Platz, an dem er verhaftet worden war. Auch sein Begleiter, die schwarze Bestie, saß lauernd am Geschütz. Natürlich rannte auch die verstärkte Wachmannschaft samt Offizier davon.

Endlich glaubte man ihren Vorgängern und setzte sie auf freien Fuß. Den Leichnam Rinköpings, den man achtlos verscharrt hatte, grub man aus und beerdigte ihn ordnungsgemäß auf dem Friedhof. Das Geschütz, auf dem der Artillerist in jener unheilvollen Nacht eingeschlafen war, wurde ausgetauscht.

Und tatsächlich: In der Nacht darauf war Ruhe. Kein Hund und kein drohender Rinköping. Offensichtlich hatte der Schwede seine Ruhe gefunden.

Steckenpferdreiter

Der Dreißigjährige Krieg war zu Ende. Viel Leid und Elend hatte er über das Land gebracht, doch endlich konnten die Menschen aufatmen, denn in Münster und Osnabrück war der »Westfälische Friede« geschlossen worden. Bekräftigt wurde dieser durch das berühmte Friedensmahl, zu dem sich die beteiligten Kriegsherrn in Nürnberg versammelten.

Herzog Octavio Piccolomini, der Vorsitzende der Reichskommission, war zwar ein Haudegen und Draufgänger, doch er hatte durchaus Humor und für einen gelungenen Scherz ein offenes Ohr. Das wussten natürlich auch die Leute aus seinem Gefolge.

Ein Spaßvogel aus ihren Reihen ließ unter den Kindern der Stadt das Gerücht verbreiten, Piccolomini wolle jedem von ihnen, der am Sonntag zum Quartier des Herzogs auf einem Steckenpferd geritten komme und wie ein Pferd wiehere, einen Silberling schenken. Das Steckenpferd war damals ein beliebtes Spielzeug der Buben, so dass fast alle zum Haus, in dem Piccolomini Quartier bezogen hatte, kamen, um sich ihre Münzen abzuholen.

Es entstand ein riesiges Geschrei, und die Kinder machten einen furchtbaren Lärm, als sie am Haus auf ihren Steckenpferden wiehernd vorbeiritten. Erstaunt öffnete der Herzog das Fenster. Er wunderte sich über die vielen Buben, die erwartungsfroh zu ihm hochschauten. Piccolomini, der sich diesen Aufmarsch nicht erklären konnte, schickte einen seiner Männer auf die Straße hinunter. Er sollte sich erkundigen, was das alles zu bedeuten hätte.

Als der Herzog Bescheid wusste, lachte er so heftig über den gelungenen Scherz, dass Brust und Bauch bebten. Er ließ den Nürnberger Buben ausrichten, dass man auf diesen großen Auftritt nicht vorbereitet sei, dass sie aber am darauffolgenden Sonntag wiederkommen sollten, um sich ihren gerechten Lohn abzuholen. Natürlich brachen die Buben auf ihren Steckenpferden in lauten Jubel aus und ritten schließlich brav wieder nach Hause.

Dass die Reiter auf ihren Steckenpferden am vereinbarten Sonntag in noch größerer Zahl vor dem Quartier des Herzogs auftauchten, lässt sich denken. Wie ein Lauffeuer hatte sich nämlich der sonntägliche Aufmarsch der Armee junger Nürnberger herumgesprochen.

Piccolomini hielt sein Versprechen. Er hatte silberne Pfennige prägen lassen, die auf ihrer Vorderseite einen Steckenpferdreiter mit einer Peitsche in der Hand zeigten. Auch die Jahreszahl 1650 ist gut zu erkennen. Selbstverständlich erhielt jeder der mutigen Reiter eine solche Münze.

Nüsse aus Gold

Im Knoblauchsland lebte ein Bauer, dem es so schlecht ging, dass er nicht mehr wusste, wie er seine Familie, seine Frau und sechs Kinder, durchbringen sollte.

Eines Tages kratzte er seine letzten Pfennige zusammen und ging nach Nürnberg, um sich dort nach einer Stelle umzusehen. Er pilgerte von Tür zu Tür, fragte bei Handwerksmeistern und Händlern, doch niemand wollte ihn beschäftigen. Nach stundenlangem Betteln um eine Arbeitsstelle war er schließlich so verzweifelt, dass er ein Wirtshaus aufsuchte und sein letztes Geld vertrank. Spät in der kalten Silvesternacht machte er sich auf den Heimweg, aber er war so müde, dass er sich in der Nähe des Ölberges setzte und einschlief.

Das war äußerst gefährlich, und er wäre sicher erfroren, wenn ihn nicht ein Mann geweckt hätte, der wie ein Jäger aussah. Jedenfalls konnte man ihn wegen seiner Kleidung für einen solchen halten. Ihm vertraute sich der

Bauer an: »Heute habe ich meinen letzten Pfennig ausgegeben. Meine Familie ist jetzt bettelarm, und ich weiß wirklich nicht, wie wir weiterleben sollen. Meine Frau und meine Kinder werden verhungern müssen, denn auch unsere Vorratskammern sind vollkommen leer.«

Der Jäger tröstete ihn und sagte: »Ich wüsste schon, wie dir zu helfen wäre. Doch du musst schwören, dein ganzes Leben lang niemandem, aber wirklich niemandem, zu erzählen, wozu ich dir jetzt rate.« Schnell antwortete der halbtrunkene Bauer: »Das gelobe ich hoch und heilig, darauf kannst du dich verlassen. Ich mache alles, was du willst, wenn mir nur geholfen wird. Der Teufel soll mich holen, falls ich jemandem davon erzähle!« »Das wird er auch, darauf kannnst du dich verlassen,« erwiderte der wie ein Jäger gekleidete Mann. »Doch nun zu meinem Rat«, fuhr er fort. »Geh heim und pflücke morgen um Mitternacht einige Nüsse vom Baum in deinem Garten. Sie werden sich in Gold verwandeln, und deine Not wird damit ein Ende haben.«

Bei dem Wort Gold wurde der Bauer hellwach. Er traute seinen Ohren nicht und meinte, der Jäger würde ihn verhöhnen. Er wollte noch etwas fragen, doch sein Gegenüber war genauso schnell verschwunden wie er aufgetaucht war. Wie vom Erdboden verschluckt. Das Bäuerlein hatte schon ein recht flaues Gefühl, doch was macht man nicht alles, wenn man in allergrößter Not ist. So rappelte er sich auf und eilte nach Hause.

In der darauffolgenden Nacht ging er Schlag zwölf in den Garten und suchte den schon länger abgeernteten

Baum nach Nüssen ab. Wie durch ein Wunder fand er noch einige, die übersehen worden waren, und legte sie vorsichtig in seinen Korb. Als er ins Haus zurückkam und seine »Ernte« unter dem Kienspan genauer betrachtete, war er völlig überrascht, denn in seinem Korb lagen keine Walnüsse, sondern nussgroße Goldklumpen. Am nächsten Tag eilte er nach Nürnberg, wo ihm ein Goldschmied viele, viele Taler für eine solche Goldnuss anbot.

Es lässt sich denken, dass das Bäuerlein aus dem Knoblauchsland von da an in Saus und Braus lebte, seinen Bauernhof ausbaute, dass er aber auch oft in die nahe Stadt eilte, um dort allerlei Lustbarkeiten zu erleben. Das weckte natürlich die Neidgefühle der Nachbarn, denen er von einer großen Erbschaft erzählte, die er angeblich in Nürnberg gemacht hätte, doch so recht glauben wollte ihm keiner.

Niemand wusste über die Herkunft des Geldes Bescheid, auch seine Frau nicht. Sie allerdings wurde immer stärker von der Neugierde getrieben und löcherte ihren Mann wieder und wieder mit der gleichen Frage nach der Herkunft des Geldes. Tag und Nacht quälte sie ihn damit. Irgendwann hielt der Bauer diese lästige Fragerei nicht mehr aus, so dass er schließlich sein Geheimnis preisgab und ihr alles erzählte. Offensichtlich dachte nicht mehr an sein Versprechen, das er dem Jäger einst in Nürnberg gegeben hatte.

Als er jedoch nach einigen Tagen wieder einmal in seine Schatztruhe schaute, glaubte er zu träumen: Was dort immer so anziehend golden geglänzt hatte, lag jetzt stumpf und schwarz in der Truhe, als ob er Kohlen hineingelegt hätte. Sogleich fiel ihm sein Schwur wieder ein. Er erinnerte sich an jedes einzelne Wort und sah auch den Jäger wieder ganz deutlich vor sich. Ihn wollte er sprechen, ihn wollte er wegen seines Wortbruchs um Verzeihung bitten. Gleich in der kommenden Nacht würde er ihn am Ölberg aufsuchen.

So machte er sich also auf den Weg. Als um Mitternacht der letzte Schlag von der nahen Kirchturmuhr verklungen war, tauchte der Jäger plötzlich wie aus dem Nichts vor ihm auf. Er machte ein schrecklich böses Gesicht und donnerte den Bauern mit lauter Stimme an: »Du hast dein Wort nicht gehalten, du jämmerlicher Waschlappen, obwohl du es hoch und heilig versprochen hast. Ich habe mich an meine Abmachung gehalten, du jedoch nicht! Das wirst du jetzt büßen!«

Das Bäuerlein zuckte zusammen unter dem Donner dieser Worte und versuchte sich stotternd herauszureden. Der Jäger indes sagte kein Wort mehr, sprang plötzlich auf den armseligen Wicht zu, packte ihn am Kragen, drehte ihm ruckartig den Kopf um und warf den Bauern zu Boden. Mit lautem Hohngelächter verschwand er im Dunkel der Nacht.

Grausam war das Bild, das sich am nächsten Tag den Nürnberger Stadtknechten bot: Am Boden lag ein Mensch mit völlig entstellten, verzerrten Gesichtszügen. Noch nie hatten die Knechte gesehen, dass das Gesicht nach hinten gedreht war. Dieses Werk musste der Teufel vollbracht haben!

Der Weg ins Verderben

An einem Silvesterabend saßen wie jedes Jahr die Stammgäste im Wirtshaus »Zum Burggrafen« am Fuß der Nürnberger Burg und unterhielten sich prächtig über alles Mögliche, was das Jahr so mit sich gebracht hatte. Ein Zimmermann tat sich dabei besonders hervor. Er war bekannt als guter Handwerker, hatte auch sonst einen ausgezeichneten Ruf und galt als vorbildlicher Bürger seiner Heimatstadt Nürnberg.

Die Gäste sprachen über dies und das, vor allem aber über Silvester- und Neujahrsbräuche. Natürlich kam man auch auf allerlei Schauergeschichten und Sagen. Voller Spannung hörten alle zu, als einer die Geschichte von den »Nüssen aus Gold« erzählte. Ein in Ehren ergrauter Schmied kannte die Sage genauer. Er sagte: »Jedes Jahr sitzt das Bäuerlein aus dem Knoblauchsland in der letzten Stunde der Silvesternacht drüben am Ölberg. Vor ihm steht ein Korb voller goldener Nüsse. Wer sich von ihm verführen lässt und in den Korb greift, der wird genauso tot umfallen und ist zum ewigen Verderben verdammt wie einst der Bauer.«

Jeder der Anwesenden hatte dazu seine eigene Meinung. Schnell erhitzten sich die Gemüter an dieser Geschichte, und alle redeten wirr durcheinander. Erst als der angesehene Zimmermann mit lauter Stimme einwarf, dass dies doch alles nur abergläubiges Gewäsch sei, wurden die Gäste still und nachdenklich. »Niemand glaubt doch heute mehr an solche Gespenstergeschichten«, er-

eiferte er sich. »Es ist gleich soweit. Wer Mut hat, soll mit mir kommen. Ich werde beweisen, dass an der Geschichte nichts dran ist. Ich werde dem ganzen Spuk ein Ende machen.«

Der Zimmermann erhob sich, schaute fragend in die Runde und setzte seine Mütze auf. Schnellen Schrittes eilte er zur Tür. Doch keiner der anderen Gäste folgte ihm. Er aber hatte nun einmal den Mund ziemlich voll genommen, so dass er schließlich alleine loszog. Niemand sollte ihm nachsagen können, er hätte keinen Mut.

Stockfinster war die Nacht. Nur der Schnee erhellte ein wenig die dunklen Gassen unterhalb der Burg. Mit langen, entschlossenen Schritten näherte er sich der Stelle, wo angeblich der Bauer aus dem Knoblauchsland in der Stunde vor dem Jahreswechsel sitzen sollte. Niemand war indes dort zu sehen. Schon wollte er wieder kehrt machen, als plötzlich ein kleines, furchterregendes, vollkommen entstelltes Wesen vor ihm auftauchte. Aus seinem knochigen Gesicht stierte ihn dieses Männchen mit funkelnden Augen an. Mit einem überaus langen, aber ebenso dünnen Zeigefinger wies es, ohne ein Wort zu sagen, auf einen Korb, der voller goldener Nüsse war.

Eiskalt lief es dem Zimmermann über den Buckel und seine Nackenhaare stellten sich auf, als er dies sah. Fast automatisch griff er in den Korb, grapschte nach einigen Nüssen und stürzte auf den Boden.

Als er wieder zu sich kam, schlug die Kirchturmuhr von St. Sebald die mitternächtliche Stunde. Er traute sich kaum die Augen zu öffnen. Dann schaute er ängstlich um sich, suchte nach dem seltsamen, fremden Wesen, doch niemand war mehr in seiner Nähe. Alles war still am Ölberg, umheimlich still. Kein Männchen. Kein Korb. Er schämte sich fast ein wenig, dass er in Ohnmacht gefallen war. Aber ihn hatte ja niemand gesehen. Beim Aufstehen griff er in den Schnee und staunte nicht schlecht, als er einige Nüsse in seinen Händen hielt. Sie waren tatsächlich aus Gold! Aus purem Gold!

Schnell hetzte er zum Wirtshaus zurück, riss die Tür auf, eilte wortlos auf die verdutzt gaffenden Gäste zu und knallte die Goldnüsse auf die Tischplatte. Wortlos sammelte er sie wieder ein und verließ das Wirtshaus.

Schnell sprach sich die Geschichte in Nürnberg herum. So mancher beneidete den Zimmermann heimlich wegen seines plötzlichen Reichtums. Die meisten jedoch hatten große Bedenken, wiegten zweifelnd den Kopf, wenn sie sich über die Sache unterhielten, und meinten, dass damit wohl kein Segen verbunden sei, wie schon die Sage vom Bäuerlein aus dem Knoblauchsland belegt hätte. Auch diesmal würden die Goldnüsse sicher kein Glück bringen, sondern den Mann ins Verderben treiben, weil der Teufel seine Hände im Spiel hätte. So mutmaßten die Zweifler und Schwarzmaler.

Tatsächlich sollten diese Recht behalten. Aus dem fröhlichen, angesehenen Nürnberger Handwerksmeister wurde ein mürrischer, griesgrämiger und verbitterter Mensch. Die Arbeit, die ihm immer so leicht von der Hand gegangen war, machte ihm keinen Spaß mehr. Immer seltener ließ er sich in seiner Werkstatt und auf der Baustelle sehen, lenkte seine Schritte in zwielichtige Spelunken und warf mit dem Geld nur so um sich. Immer wieder ließ er sich außerdem auf sehr zweifelhafte Geschäfte ein, so dass nicht nur sein Goldschatz, sondern sein ganzes Hab und Gut dahinschmolz. Er sank tiefer und tiefer, und nicht nur seine Gesellen liefen ihm davon, sondern auch seine Freunde und die ganze Familie.

Schließlich war er so weit, dass er einen Strick nahm und seinem Leben selbst ein Ende machte.

Der Maler-Fürst

Albrecht Dürer, einst selbst Nürnberger Ratsherr, hatte den Auftrag erhalten, den Rathaussaal mit einem großen Gemälde über den »Triumpfzug Kaiser Maximilians« zu schmücken. Wie es seine Art eben war, arbeitete er sehr zügig und mit vollem Einsatz an dem Werk.

Als Kaiser Maximilian eines Tages wieder einmal in Nürnberg mit großem Gefolge eingetroffen war, besuchte er Dürer im Rathaussaal und besprach mit ihm die Gestaltung der Bildfolgen. Er war sehr kritisch und machte den einen oder anderen Vorschlag.

Als der Kaiser eine Figur geändert haben wollte, stieg Dürer auf die Leiter, um dem Wunsch des hohen Herrn nachzukommen.

Da begann plötzlich die Leiter zu schwanken. Kaiser Maximilian forderte einen in der Nähe stehenden jungen Adeligen auf, die Leiter zu halten, damit Dürer in Ruhe seine Arbeit vollenden könne. Der Edelmann indes antwortete patzig: »Herr, ich stamme aus dem höchsten Adel des Reiches. Ich werde mich doch nicht erniedrigen und einem bürgerlichen Handwerksmeister die Leiter halten.«

Der Kaiser ärgerte sich maßlos über diese hochnäsige Antwort und fuhr den Edelmann voller Zorn an: »Meister Albrecht ist ein edler Künstler, und solche wie ihn gibt es nur ganz wenige auf der Welt. Ich halte die Leiter auf der Seite und du wirst es mir auf der anderen Seite gleichtun!«

Zu seinem Gefolge gewandt, das sich inzwischen um die Leiter versammelt hatte, sprach der Kaiser: »Dürer ist auf dem Gebiet der Kunst von höchstem Adel. Er ist ein Maler-Fürst, der wohl einmalig ist. Ich als Kaiser wäre zwar in der Lage, aus jedem meiner Untertanen einen Edelmann zu machen, doch selbst ich kann aus stolzen und überheblichen Edelleuten keinen Dürer schaffen!«

Beschämt und von diesen kaiserlichen Worten ziemlich gedemütigt schlichen die hochmütigen Adeligen davon.

Der sprechende Ofen

In einem wunderschönen Nürnberger Patrizierhaus stand einst ein Ofen, der reich verziert war, dass ihn bald alle als »goldenen Ofen« bezeichneten.

Als eines Tages Soldaten in Nürnberg einquartiert waren, verhielten diese sich schrecklich und peinigten ihre Gastgeber wo immer sie konnten. Sie ließen sich bedienen und dankten die Gastfreundschaft mit bloßer Zerstörungswut.

Auch im Haus mit dem goldenen Ofen war ein Soldat einquartiert. Er indes war von ganz anderer Natur als seine Kameraden: Er zerstörte nichts, war höflich und zuvorkommend und benahm sich wie ein wirklicher Gast. Offensichtlich hatt er einen ganz anderen Charakter als die üblen Burschen, denen es richtig Spaß machte, die Nürnberger Bürger zu ärgern und ihnen übel mitzuspielen.

Eines Abends kam der höfliche und vernünftige Soldat in das Wirtshaus, wo seine Kumpanen schon eine ganze Weile zechten. Plötzlich machte einer von ihnen folgenden Vorschlag: »Heute zeigen wir es diesen reichen Geldsäcken. Um punkt 12.00 Uhr bringt jeder seine Gastgeber um, und wir plündern dann alle Häuser, die vollgestopft sind mit Reichtümern.« Nicht alle waren sofort begeistert von dieser Idee, doch die Mehrheit von ihnen waren ziemliche Rohlinge, die nicht einmal vor einem Mord zurückschreckten, wenn sie sich nur bereichern konnten. Sie zwangen alle anderen, an dieser Verschwörung gegen die Nürnberger Bürger teilzunehmen. Jeder musste einen Eid schwören, dass er keinem Menschen auch nur ein Wort von diesem grausamen Plan verraten würde. Andernfalls würden sich alle an ihm rächen. Auch der brave Soldat, der es gut mit seinen Gastgebern meinte, musste diesen Eid leisten, sonst hätte er sich sofort den Zorn seiner Kameraden zugezogen und wäre seines Lebens nicht mehr sicher gewesen.

Doch als er in seinem Quartier ankam, wurde ihm ganz übel. Zum einen konnte er doch diese freundlichen Leute, die ihn so gut behandelten und bewirteten, nicht einfach umbringen, zum anderen konnte er auch seinen Eid nicht brechen. Dabei fürchtete er sich nicht so sehr vor der Rache seiner Kameraden als vielmehr vor der Rache des Himmels, schließlich war so ein Schwur für ihn etwas Heiliges.

Als er unruhig in seinem prächtigen Zimmer auf und ab ging, fiel sein Blick auf den goldenen Ofen. Da kam ihm plötzlich eine Idee: Er hatte geschworen, keinem Menschen von diesem grausamen Plan etwas zu erzählen. Wenn er das Mordkomplott aber einem Ofen anvertraute, brach er keineswegs seinen Eid!

So ging er zum Ofen, öffnete die eiserne Tür und rief so laut er konnte: »Ofen, pass jetzt ganz genau auf. Ich werde dir etwas offenbaren, was von größter Bedeutung ist. In wenigen Stunden werden alle Gastgeber der Soldaten ermordet und ihre Häuser ausgeplündert. Ich habe geschworen, dies keinem Menschen weiter zu erzählen, doch dir, goldener Ofen, darf ich es wohl mitteilen, da du ja kein Mensch bist, sondern ein Ofen!«

Der Soldat wusste ganz genau, dass zu dieser Stunde sein Gastgeber und seine Familie im darunterliegenden Stockwerk vor dem Kamin saßen, mit dem der goldene Ofen durch einen Schacht verbunden war.

In der Tat – die dort versammelte Familie konnte laut und deutlich die Worte aus dem Obergeschoss vernehmen. Das Geheimnis, das dem Ofen anvertraut wurde, drang also an ihre Ohren. Und der Hausherr war ein heller Kopf. Er verstand sofort, was ihm der Ofen mitteilen wollte.

Er sprang auf und eilte zum Rat der Stadt. Dieser mobilisierte sogleich die Bürgerwehr, die tatsächlich in der Lage war, die Soldaten aus der Stadt zu verjagen, bevor sie ihr Blutbad anrichten und ihre Plünderungszüge durchführen konnten.

Natürlich gewährte man dem braven Soldaten Schutz, der über den »sprechenden Ofen« die Nürnberger vor Mord und großem Schaden bewahrt hatte. Man nahm ihn auf und belohnte ihn reichlich für sein überlegtes und entschlossenes Handeln.

Hochverrat

Noch war es Nacht, die Bewohner Nürnbergs schliefen den Schlaf der Gerechten. Alles war ruhig, fast verdächtig ruhig. Nur die Bäcker waren bereits bei der Arbeit. Sie begannen ihr Handwerk zu sehr früher Stunde.

In einer Bäckerei am Tiergärtnertor waren der Geselle und der Lehrjunge heftig am Teigkneten, so dass beide kräftig ins Schwitzen kamen.

»Geh doch schnell zum Brunnen und hol frisches Wasser«, sagte der Geselle zum Lehrling, der genauso Durst hatte wie der ältere Bäcker.

Noch immer war die Nacht stockfinster. Damit er nicht alleine gehen musste, pfiff er dem Hund, der nahe der Tür seinen Platz hatte und immer darauf wartete, dass er gebraucht würde. Mit nur einem geschlossenen Auge lag er deshalb auf seinem alten Fell und reagierte sofort auf jedes auch noch so leise Geräusch.

Kaum waren beide auf dem Platz am Tiergärtnertor, wo der Brunnen stand, als der Hund plötzlich die Ohren spitzte, die zotteligen Nackenhaare aufrichtete und mit großem Tempo davonstob. Der Lehrjunge pfiff wie verrückt, doch nichts mehr konnte den Hund aufhalten. Er rannte in Richtung Tiergärtnertor davon. Die dunkle Nacht hatte ihn schnell verschluckt.

Eine ganze Weile lauschte der Lehrling in die Dunkelheit. Nach einiger Zeit hörte er ein Knurren und verhaltenes Bellen. Es klang hohl, so als ob es aus der Tiefe eines Mauerlochs käme. Wo war er nur hingerannt?

Instinktiv lenkte der Junge seine Schritte zum Tiergärtnertor. Aber wie sollte der Hund dort hineingekommen sein? Das Tor wurde bei Einbruch der Dunkelheit sogleich verriegelt und blieb bis zum Morgen fest verschlossen.

Als er ganz nahe war, hörte er deutlich das Bellen des Hundes. Dann sah er auch, dass das Tor offen stand. Momentan wusste er nicht, was er machen sollte. So entschloss er sich, zur Bäckerei zurückzulaufen und dem Gesellen Bescheid zu geben.

Der konnte es fast nicht glauben, dass das Tiergärtnertor offen stehen sollte, aber er wischte eilig den klebrigen Teig von seinen Armen und rannte so schnell es sein Bauch zuließ zum Tor. Noch immer war alles still, keiner der Anwohner hatte offensichtlich etwas gemerkt, alle Fenster waren dunkel geblieben, auch wenn sich der eine oder andere in seinem Bett über das entfernte Bellen des Hundes ärgern mochte.

Als die beiden Bäcker am Tiergärtnertor angekommen waren, sahen sie den Hund, der vor einem Mann stand und ihn nicht mehr aus den Augen ließ. Er knurrte, fletschte die Zähne und bellte hin und wieder. Seine Eckzähne wirkten so bedrohlich, dass der Mann bewegungslos im dunklen Eck kauerte und sich nicht mehr zu bewegen traute.

Erst als der kräftige Bäckergeselle und der Lehrjunge zugriffen, den verschreckten Mann an den Armen packten und ihn aus dem dunklen Tor herauszerrten, ließ sich der Hund beruhigen.

Inzwischen war auch die Stadtwache hinzugekommen, die mit ihrer Laterne dem Mann ins Gesicht leuchtete. Die Umstehenden staunten nicht schlecht, als sie ins Gesicht eines der reichsten Männer der Stadt blickten: in das des hoch angesehenen und vornehmen Ratsherrn Anton Tetzel! Was suchte der mitten in der Nacht am geöffneten Tiergärtnertor, das doch um die Zeit verriegelt und verrammelt sein sollte?

Die Stadtwache weckte die Stadtbüttel, die zu den Bürgermeistern und Ratsherrn eilten und sie aus ihren Betten holten. Missmutig und grantig kamen die hohen Herrn mit wehenden Mänteln am Rathaus an. Sie waren stocksauer, dass man sie in ihrer wohlverdienten Nachtruhe gestört hatte. Doch die Sache musste sofort aufgeklärt werden, da wollte man sich keine Blöße vor den Nürnberger Bürgern geben.

»Was soll das bedeuten, Tetzel?« herrschte einer der Bürgermeister den Gefangenen an. Dieser, bleich und noch immer verschreckt, antwortete mit gebrochener, leiser, nur schwer zu vernehmender Stimme: »Ich habe mit dem Ansbacher Markgrafen vereinbart, in dieser Nacht sowohl das innere wie auch das äußere Tor am Tiergärtnerplatz zu öffnen, um dessen Kriegsknechte einzulassen.«

Tetzel wagte es nicht, auch nur einem der Anwesenden ins Gesicht zu sehen. Er hatte den Blick gesenkt und stierte mit leeren Augen auf den Boden.

»Das ist Verrat! Hochverrat!« durchbrach einer der Räte die Stille, die den Worten Tetzels gefolgt war, denn niemand hatte eine solche Antwort erwartet. »Darauf steht die Todessstrafe! Stellt auch vor, die Ansbacher Kriegsknechte wären heimlich in der Dunkelheit der Nacht in die Stadt gelangt und hätten sie angezündet, während wir schliefen! Der Mann gehört dem Henker!« »Nun mal langsam!« entgegnete ein anderer, besonnener Ratsherr. »Immerhin ist er einer von uns und wir können ihn nicht einfach so hinrichten lassen.«

Noch eine ganze Weile redeten alle gleichzeitig durcheinander, bis sich endlich ein Bürgermeister durchsetzen konnte: »Wir werden über ihn in aller Ruhe zu Gericht sitzen, alles abwägen und ihm dann seiner gerechten Strafe zuführen.«

Obwohl es inzwischen zu dämmern begann, es aber immer noch sehr früh am Morgen war, ging man auseinander.

Dem Tetzel wurde nach einigen Tagen der Prozess gemacht, der sich ganz schön in die Länge zog, weil jeder der hohen Herrn immer wieder etwas zu sagen hatte.

Das Urteil: Lebenslange Haft bei Wasser und Brot. Damals ein recht ungewöhnliches Urteil, weil man eigentlich ausgesprochene Haftstrafen in jener Zeit nicht kannte. Tetzel entging dem Richtschwert des Henkers aber nur deshalb, weil er ein Mann von Stand war. Auf Grund seines schweren Verbrechens hätte er eigentlich hingerichtet werden müssen. Aber ob es angenehmer war, den Rest seines Lebens hinter feuchten Gefängnismauern zu verbringen?

Die Sage

»Das Märchen ist poetischer, die Sage historischer.« – Allerdings darf »historisch« in diesem Zusammenhang nicht falsch verstanden werden, denn mit der »wirklichen Geschichte« oder Geschichtsforschung hat die Sage nicht viel zu tun. Laut Jakob Grimm, einem der größten Sagensammler seiner Zeit, spiegelt die Sage keine faktische, historische Wahrheit, sondern Inhalte jenseits historischer Fakten oder Quellen. Es wäre also falsch, eine Sage historisch zu interpretieren, richtiger ist es, das Sagenhafte der erzählten Geschichte zu erkennen.

Dennoch ist die Sage nichts vollkommen Erfundenes, sondern wird in der Regel an Bekanntem, einem bestimmten Ort, einem Namen oder auch an einem historisch nicht mehr nachvollziehbarem und erklärbarem Ereignis festgemacht.

Durch die Sage bekommt ein Turm, ein Bildstock, eine Stiftung oder auch nur ein Stück Stadtmauer eine Bedeutung. Die »leblose Sache« bekommt Leben eingehaucht durch die Erzählung über die Entstehung, Entwicklung oder Veränderung. Erzählt wird so zum Beispiel von einem Haus, in dem es nicht geheuer ist, von Verstorbenen, die wegen irgendwelcher Verfehlungen in ihrem Leben keine Ruhe finden und umgehen müssen, vom Teufel in seinen vielfältigen Erscheinungsformen, auch von Geistern, Zwergen und Riesen, von Rittern, Räubern und besonderen Kriegsereignissen oder unerklärlichen Naturkatastrophen, von Schätzen, die nur unter bestimmten

Bedingungen gehoben werden können. Die Inhalte und Motive sind vielfältig, fast unerschöpflich.

Mitunter wird die Sage als die »bäuerliche Geschichtsschreibung« bezeichnet, die ausschließlich mündlich weitergegeben wurde, denn nur ganz wenige Landbewohner waren des Lesens und Schreibens mächtig. Es wurde also nichts aufgeschrieben, sondern all das, was im bäuerlichen Leben als überliefernswert galt, wurde den nachfolgenden Generationen durch Erzählungen vermittelt.

In der Entstehungsphase der Sage steht oft eine subjektive Wahrnehmung, zum Beispiel Angstzustände eines Menschen beim Durchqueren eines dunklen Waldes oder beim Durchschreiten eines Friedhofs. Ausgangspunkt könnte auch ein objektives Geschehen sein, zum Beispiel ein ungeklärter Mordfall, eine Seuche, jede Art von kriegerischer Auseinandersetzung oder eben die gegenständliche Realität einer seltsam gestalteten Felsformation, einer Höhle oder eines Burgturmes.

Der zweite wichtige Schritt bei der Entwicklung zur Sage ist dann die interpretatorische Erfassung, die Deutung, das Weitererzählen. Wichtig ist dabei die Vorstellungskraft des Erzählers, seine Nüchternheit oder Fantasie, seine Glaubensvorstellungen und seine gesamte persönliche Erfahrungswelt. Ist dann der Zuhörer von dieser Erzählung angetan, greift er sie auf, wandelt sie durch eigene Vorstellungen und Erfahrungen um und verändert somit die ursprüngliche Geschichte.

Meist geschah das Weitererzählen nicht in poetischer, elaborierter Form, denn in der Regel war man an einer ausgeklügelten Erzählung gar nicht interessiert. Es herrschte der Erlebnisbericht vor, der ziemlich »faktisch«, meist nüchtern war, wollte man doch dem Zuhörer eine »Tatsache« vermitteln.

Genau hier an dieser Schnittstelle enstand oft das Missverständnis, jede Sage enthalte einen »historischen Kern«, dem man ganz leicht auf die Spur kommen könne, ließe man nur das Rankwerk der Erzählung weg. Diesen »historischen Kern« gibt es in der Regel nicht, nur historische Namen, Ereignisse, meist aus der Lokalgeschichte, an der der beanspruchte »Wahrheitsgehalt« der Sage vom Erzähler bewusst festgemacht wird. Eingestreute Geschichtsdaten und andere tatsächliche, nachprüfbare Fakten haben somit also die Aufgabe, den erzählerischen Wert zu festigen. Wenn vom Dreißigjährigen Krieg erzählt wird, dann kannte jeder die ungeheuere Not der Menschen, das Massensterben durch Seuchen oder das Morden marodierender Truppen und deren üble Erpressungen in Dörfern und Städten. Unerklärliches um solche Ereignisse herum versuchte man sich eben durch Sagen zu erklären.

Ein ganz wichtiges Element der Sage ist also das Erklärungsprinzip des Rätselhaften, des Unerhörten, des Übernatürlichen und eben auch des eigentlich Unerklärlichen.

So entstanden zum Beispiel viele Sagen von »Wilden-Heer-Erlebnissen«, die für uns heutige Menschen natürlich nicht mehr nachvollziehbar sind. Aus den Lebensumständen der Menschen des Mittelalters oder der frühen Neuzeit sind sie wohl vorstellbar: Wenn in den langen Herbst- und Winternächten die Stürme um die zugigen Häuser fegten, die primitiven Fensterläden hin und her beutelten, dann deutete dies der Mensch, der noch stark im Aberglauben lebte, als das Wirken übernatürlicher Kräfte, eben des sogenannten »Wilden Heeres«, das durch die Luft fegte, um sich am armseligen Menschlein zu rächen und mit ihm seinen Schabernak zu treiben, gegen den er sich nicht wehren konnte. Dass all diese Gründe und Bewegungen natürliche Ursachen hatten, überlegte sich der in seinen Ängsten lebende Mensch nicht. Er »dachte« eben nicht, er »empfand«, nahm wahr, ließ sich gefangen nehmen von seinen höchst subjektiven Eindrücken. Und damit beginnt ja der Drang, über solche Ereignisse dem Nächsten zu erzählen.

Ursprünglich ist die Sage eine kurze, knappe, einepisodische Geschichte, die je nach Fabulierkunst des Erzählers entweder sehr einfach strukturiert oder verbal gut ausgestattet ist. Dennoch hat die Sage einen bestimmten, wenn auch nicht in allen Elementen immer nachvollziehbaren Rahmen: Einführung und sinngebender Schluss dürfen nicht fehlen. In gut durchstrukturierten Sagen sind ferner enthalten: Der Grund für die Erzählung, oft eine Art Rat oder auch Warnung, eine Zeitangabe, ein historischer Ort, mitunter eine »Quelle«, will man doch die »Wahrheit« in den Vordergrund rücken.

Verändert haben sich diese ursprünglichen Sagen grundlegend, als sie von Sagensammlern aufgeschrieben wurden. Diese wollten ihr poetisches Talent beweisen, wodurch die Sagen entsprechend ausformuliert und ausgeschmückt wurden.

All das, was hier gesagt wurde, bezieht sich auf die sogenannte Volkssage, die in diesem Buch wieder neu erzählt wird, nicht jedoch auf die Heldensage, denn diese wird durchaus der hohen Dichtkunst zugerechnet, auch wenn es sich dabei ursprünglich ebenfalls um mündliche Überlieferungen handelte.

Dr. Manfred Mümmler

INHALT